謎とき百人一首

和歌から見える日本文化のふしぎ

ピーター・J・マクミラン

新潮選書

はじめに

こんにちは。ピーター・J・マクミランと申します。アイルランド生まれで、数十年前に来日し、教師、翻訳家、作家、そしてテレビ出演や、ラジオパーソナリティーとして活動しています。初来日した際は、大学で英文学と哲学を教えるために一年間日本に滞在する予定でした。日本は北半球にある国の中でアイルランドから最も遠い国なので、当時の私は日本文化についてまったく何も知りませんでした。そのようなところで一年間生活するのは大冒険だとわくわくしたものです。そして、ミステリアスでファンタスティックな日本文化と出会い、その奥深さに感動し掘り下げているうちに、いつの間にか三十年以上もの月日が流れました。

『百人一首』との出会いは、今から二十年ほど前、日本に留まるべきかアイルランドに戻るべきか迷っていたときのことでした。私自身が詩を書いていることもあり、ある友人が「日本の詩集を翻訳すれば答えが見つかるかもしれない」と言って、『百人一首』を紹介してくれたのです。その時には、まさか私の翻訳が出版され、その本が私の人生を変えることになるとは想像もしていませんでした。この『百人一首』の翻訳が私の最初の本となり、米国でドナルド・キーン日本文化センター日本文学翻訳特別賞、国内で日本翻訳文化特別賞を受賞する幸運に恵まれたのです。

この本は、私が京都新聞に連載していたコラムをまとめたものです。『百人一首』の新たな英訳と共に、外国人の視点から見た日本古典の不思議な世界を紹介しています。誰がいつ編纂《へんさん》したのか、どういう基準で歌が選定されたのか、そしてなぜ俳句、連歌、かるた、浮世絵、漫画など様々な形でリメイクされたのか、どうしてこれほど日本文化に浸透したのかについて触れています。

私は日本古典文学の翻訳家であり、研究者ではありません。しかし、歌や作者に関する情報については多くの専門家に協力していただいたことで、読者の皆さんには、最新の研究に基づいた情報を、楽しみながら知ってもらえる作品ができたと考えています（特に中川博夫・田渕句美子・渡邉裕美子編『百人一首の現在』という研究書は大いに参考にいたしました）。また、和歌と西洋の詩を比較することが多いので、日本文学の文脈だけでなく、世界の文学の視点から和歌を見ることができます。さらに、この本では、俳句、浮世絵、かるたや、現代社会の関心事であるジェンダーの話題など、様々な角度から『百人一首』の歌を見ることを心がけました。

なお、『百人一首』に採られた歌が勅撰集《ちょくせんしゅう》に初めて掲載されたときには、歌が詠まれた状況を説明する詞書《ことばがき》があることも多く、その情報に基づいた解釈がなされます。しかし、『百人一首』には詞書がありません。選者が詞書を入れなかったのは、次のような理由が考えられます。一つは詞書の内容は当時の共有の「たしなみ」であり、入れる必要がなかったためです。あるいは、選者が自由に解釈してほしいと考えて詞書をあえて省いたのかもしれません。その答えは断定できませんが、今回の翻訳では詞書を踏まえて訳した歌もあれば、あえて詞書に縛られずに自由な解釈を試みた歌もあります。

ぜひ読者の皆さんにも自由な気持ちで『百人一首』を楽しみながら、その謎と面白さをたくさん発見していただければと願っています。

『謎とき百人一首』◇目次

＊本書は、京都新聞に連載された「不思議の国の和歌ワンダーランド　英語で読む百人一首」（二〇二二年二月～二〇二四年一月）に加筆修正をしたものです。歌は『新編国歌大観』の『百人一首』を底本とし、表記は読みやすさを考慮して適宜改めています。

謎とき百人一首　和歌から見える日本文化のふしぎ

1 袖を濡らしたのは「露」か「涙」か？

天智天皇《てんじてんのう》——六二六～六七一年。第三八代天皇。中大兄皇子の名でも知られる。中臣鎌足とともに大化の改新を行った。

秋の田のかりほのいほのとまをあらみ わが衣手《ころもで》は露にぬれつつ

In this makeshift hut
in the autumn field
gaps in the thatch let dewdrops in,
but it is not dew alone
that moistens my sleeves...

［現代語訳］
秋の田のほとりの仮の小屋の屋根は、ほんの間に合わせに荒く葺《ふ》いた粗末なものだから、その小屋で番をしている私の袖は、夜露にずっと濡れ続けることだ。

この歌は、『百人一首』の巻頭歌として古来愛されてきた。ただ、現代語訳で示したような、この歌に描かれた情景を直訳すると、英語の詩としては面白みがなく、もとの和歌の魅力を伝えられない散文的な訳になってしまう。仮にも日本文化を海外に発信しようとしている翻訳者の身としては、この和歌や『百人一首』の魅力を損なうような訳は作れないから、少し工夫をする必要がある。そこで、この歌から涙を連想したいと考えた。

「わが衣手は露にぬれつつ」から、涙を連想できるか——。平安時代以降の和歌ならば、「袖」と「露」で涙を暗示することが多い。私も、最初に訳した二〇〇八年には、涙の意を取っていた。だが実は、江戸時代に賀茂真淵《かものまぶち》が指摘したように、この歌は『万葉集』に収められた作者未詳の歌とよく似ている。一般に『万葉集』の歌では、平安時代の和歌と異なり涙の暗示は取りづらい。そこで二〇一七年に訳し直し、かるたを作った際には、単に「露によって袖が濡《ぬ》れている（let dewdrops in, moistening my sleeves)」とした。そして今、本書の出版にあたって再考し、「露」から涙を連想する当初の英訳に戻した。

というのは、『万葉集』では作者未詳だったこの歌は、『後撰和歌集』では天智天皇の作とされている。その『後撰和歌集』に基づき、『百人一首』はこの歌を選んだらしい。この歌が『百人一首』の巻頭に置かれたのも、平安時代以降の天皇が天智天皇の子孫であることが意識されていたからなのだろう。また中世に作られた『百人一首』の注釈書も、天皇が農民の労苦を思いやって詠んだという説や、天皇が涙していたという説を提示している。今回は、『百人一首』の歌としての解釈に沿って、天皇が民の苦労を思って涙している歌と解釈してみたい。この方が巻頭歌にふさわしい美しい英訳になると思う。とはいえ涙と断定するのではなく、「袖を濡らすのは露だけではなくて…(but it is not dew alone / that moistens my sleeves...)」と、涙を暗示する訳にしている。

歌を英訳する際、その背景を勉強しなければ適切な訳を作ることはできない。ただ、今回の歌のように、歌が最初に詠まれた時点での解釈と、その後別の文献に収められた際の解釈、さらに『百人一首』の解釈や、それらに対する注釈の解釈が、それぞれの時代ごとに存在する場合がある。また、その歌の良さを伝えられる英訳を作るためには、『百人一首』研究の通説に従いたくても、そうはできないこともある。異文化の中ではどう受け止められるかという観点も必要になるからだ。そんな解釈の多様性も感じていただきたく、日本語の現代語訳では、涙の意を取らない古代和歌としての解釈を示してみた。

私は常々、翻訳とは完璧な訳を作ることではなく、それを目指す過程だと考えている。ある程度で訳を手放し、また振り返って手を加える。これを繰り返していくことが翻訳なのだ。本書は私にとって三度目の『百人一首』の訳となる。本書を通じて読者の皆さんとともに、訳し方を改めて考えていきたい。

2 「干したり」と「干すてふ」は何が違うのか？

持統天皇《じとうてんのう》——六四五～七〇三年。第四一代天皇。天智天皇の皇女。夫の天武天皇に協力し、壬申の乱に勝利する。藤原宮を造営。

春過ぎて夏来《き》にけらし白妙《しろたへ》の 衣干《ほ》すてふ天《あま》の香具山《かぐやま》

［現代語訳］
いつの間にか春が過ぎて夏が来たらしい。夏が来ると真っ白な衣を干すという天の香具山を見ていると。

Spring has passed,
and it's said the white robes of summer
are being aired
on fragrant Mount Kagu
that descended from the heavens.

持統天皇は夫の天武天皇の事業を引き継いで律令国家の建設に努め、新しい時代を築いた。彼女の時代にはすでに暦が整えられ、それにより季節が把握されるようになっていた。『万葉集』において、「季節詠」と呼ばれる歌が見られるようになるのも、ちょうど持統天皇の時代からである。だから「春が過ぎて夏が来たらしい」というのも、なんとなく夏らしくなったなあ、というような感覚的な表現ではない。暦により知識として知っていた季節の交替を、目の前の景色を通して実感し、感動している歌なのだ。

この歌は、『万葉集』では、「春過ぎて夏来たるらし白たへの衣干したり天《あめ》の香具山」だった。ところが、『新古今集』に収録された際には、第二句が「夏来にけらし」、第四句が「衣干すてふ」という表現に替わっている。『百人一首』も、『新古今集』と同じ本文を採っている。こうした違いが現れた背景には、『万葉集』の原文が漢字（万葉仮名）で書かれており、第二句が「夏来良之」、第四句が「衣乾有」となっているため、読み方が定まらなかったことがある。特に第四句については、平安時代には「衣ほしたる」「衣かはかす」など、様々な読み方が伝わっていた。ほんの数文字だが、こうした違いは歌全体の印象を左右する。第四句を「たり」で言い切る『万葉集』バージョンは写実的になるが、『新古今集』や『百人一首』の「てふ」という伝聞を表す言葉になると、観念的な歌に聞こえる。さて、これを踏まえて、英訳ではどうするべきだろうか。

二〇〇八年や二〇一七年に訳したときには、『万葉集』の本文を意識して訳していた。英語の詩としては臨場感がある方がより効果的で美しいものになるからだ。日本の注釈書でも、『万葉集』の本文の方が優れていると評価されることが多いだろう。だが、今回作った訳では『百人一首』の本文によせて、第二句に「it's said（～だと聞いた）」を加えて訳してみた。誰かが、ホメロスなどのいにしえの物語や叙事詩を語っているような印象の口調だ。

こう変えた理由を述べるには、「天の香具山」に触れなくてはならない。

現在の奈良県橿原《かしはら》市にある「天の香具山」は「天」を冠するように、天から降りてきた山という伝承があった。それを踏まえて、二〇一七年の訳では「beloved of the gods（神々に愛されて）」を補ったが、少し意訳しすぎた感がある。そこで今回の訳では伝承を反映する形で具体的に「that descended from the heavens（天から降りてきた）」と訳した。こちらのほうがより神話の世界を思わせる、詩的な訳になると思う。そしてその神話的な世界が、二行目の「it's said」と響き合い、さらに物語的な要素が強められる。英語の詩としては、何かこの歌の背景にある物語のようなものが想像できるものになる。それはきっと、この歌を「衣干すてふ」として愛誦してきた『百人一首』の読者たちが、持統天皇や、さらにその前の神話の時代に思いを馳《は》せた姿勢に通じるのではないだろうか。

3 「ひとり寝」の夜はどれだけ長いのか？

柿本人麻呂《かきのもとのひとまろ》

生没年未詳。主に六五八年〜七〇八年頃に活躍した宮廷歌人。平安時代は「人麿」あるいは「人丸」と表記されることが多い。三十六歌仙の一人。

あしびきの山鳥の尾のしだり尾の 長々し夜をひとりかも寝ん

The
long
tail
of
the
copper
pheasant
trails,
drags
on
and
on
like
this
long
night
alone
in
the
lonely
mountains,
longing
for
my
love.

〔現代語訳〕
山鳥の垂れ下がった尾のような、長い長い夜を、私は寂しくひとりで寝ることになるのだろうか。

この歌は『万葉集』では作者未詳の歌だった。人麻呂の歌とされるようになった経緯ははっきりと知られないが、『拾遺集』には人麻呂〈人麿〉の和歌として載っており、『百人一首』もこれを踏襲している。

結句の「ひとりかも寝ん」の「かも」は、疑問に思いつつ嘆息する気持ちが含まれており、独り寝をしなければならないことが分かっていても、「ひとりで寝ることになるのか」と問いかけるところに、寂しさを受け入れきれない作者の気持ちが表れている。

さて、その結句を導く初句から第四句が面白い。上の句は山鳥の長い尾羽を長い夜に例えている。恋しい人と離れて寝る夜は、いっそう長く感じられることだろう。山鳥は夜になると、雄《おす》と雌《めす》とが山を隔てて離れて寝ると考えられていたことを思うとなおさらだ。山鳥が雌雄離れて寝る様子は、歌の主人公がひとり寂しく寝る様子にそのまま重なってくる。山鳥は長いものの比喩になっていると同時に、独り寝の象徴なのである。『百人一首』には、読むとその情景がはっきり思い浮かぶ歌が多いと思うが、この歌も山鳥の長い尾がありありと目の前に浮かぶ、視覚的な歌だと感じる。

そこで、英訳では単語をひとつずつ縦に並べることで、山鳥の尾羽の長さを視覚的にも表してみた。これは、ルイス・キャロル『不思議の国のアリス』において、アリスが「ネズミのしっぽ」のことを考えている場面に着想を得たもの。物語に出てくる詩は、あたかもアリスの頭の中にあるネズミの尾（tail）のように配置されている。文字で絵が描かれているのである。

この歌が刺激するのは、視覚だけではない。「あしびきの山鳥の尾のしだり尾の」と、ノとオの音の繰り返しがなだらかに続くさまは、聴覚的にも夜の長さを感じさせるように思う。定家《ていか》の父、藤原俊成《しゅんぜい》が、「歌はただよみあげもし、詠じもしたるに、何となく艶にもあはれにも聞ゆる事のあるなるべし」と、和歌を発声することで良さが分かるという和歌論を述べているが、この歌もその一例であろう。単に文字を追うだけでは分からない魅力が、声に出すことで伝わってくるのだ。英訳でも「long」や「alone」など、オに近い母音を持つ単語を意識的に選び、もとの和歌よりオの音を増やすことで、一人寝の夜の長さが一層伝わるようにした。本書ではわかりやすいように、英訳のオ段やオに近い音を持つ単語を太文字にしてみた。

歌を翻訳する際に、どのように工夫するかと聞かれることがあるが、歌ごとに違った挑戦があって一言では答えられない。この歌の訳では、聴覚、視覚の両面に訴える表現に挑戦した歌であった。日本にいると、「不思議の国の和歌ワンダーランド」にいる気になる。私は若いとき、西の果てのアイルランドから東の果ての日本へと冒険にやってきた。不惑、つまり四〇歳の頃、和歌の翻訳に真剣に向き合うようになった。今ではもう日本にやってきて三〇年以上になるが、冒険はまだまだ続いている。和歌ワンダーランドの奥深い世界は果てがなさそうだ。

4　富士山は「実景」か「想像」か？

山辺赤人　やまべのあかひと

生没年未詳。七〇〇年頃〜七五〇年頃に活躍したとみられる。『万葉集』では「山部」と表記。柿本人麻呂と共に「歌聖」と称される。三十六歌仙の一人。

田子《たご》の浦にうち出《い》でてみれば白妙の　富士の高嶺《たかね》に雪は降りつつ

Coming out on the Bay of Tago,
there before me,
Mount Fuji—
snow still falling on her peak,
a splendid cloak of white.

［現代語訳］
田子の浦に出て眺めてみると、真っ白な富士山の高嶺に、雪が降りしきっていることだ。

「新富嶽三十六景」

この歌も、もともとは『万葉集』の和歌である。「田子の浦」はこの歌が有名になったことをきっかけに、富士山を望む景勝地として和歌に詠《よ》まれ始める。日本を象徴する山にとって大きな意味を持つ一首なのである。

さて、もともとの『万葉集』の歌は、現在の研究では「田子の浦ゆうち出でて見ればま白にそ富士の高嶺に雪は降りける」と読まれる。『百人一首』や『新古今集』に収められた本文とは、初句、第三句、結句が違っている。『万葉集』が漢字のみで書かれているため様々な読み方があり、『百人一首』の読み方もその一つであったのだろう。

このうち一番大きな違いは、結句が『万葉集』では「雪は降りける」になっているのに対し、『百人一首』では「雪は降りつつ」になっていることだ。「雪は降りける」の場合、雪はもうすでに山頂に積もっている。この歌の主人公は田子の浦を移動してきて、ふっと視界が開けたときに、冠雪をいただく見事な富士に出会った、その感動を詠んでいることになる。一方「雪は降りつつ」の場合、雪は山頂に降り続けている。実際には田子の浦から富士山はかなり遠いから、山頂に雪が降りしきる様子を見ることはできない。つまり「雪は降りつつ」という結句で描かれている景色は実景ではなく、心の中に想像された観念的な山頂の様子である。

『百人一首』の本文は現実的でない、という批判もあるようだ。だが私は、田子の浦に出て白い山頂を見やりながら、目には見えなくても、あの山頂には今も雪が降り続いているのだろうと想像してみるこの歌が好きだ。たった二文字で解釈ががらっと変わるのも、そして『万葉集』と『百人一首』、それぞれの本文において、富士山が異なる魅力を発揮しているのも、とても興味深い。

　ところで、私は富士山が大好きで、富士山の麓《ふもと》に別荘を構え、長年、週末ごとに富士山の近くで過ごしていたことがあったほどである。翻訳者としても、古くは『風土記』や『万葉集』から、現代の俵万智《たわらまち》まで、富士山が登場する文学作品を幅広く探して、数年かけてその英訳を完成させた。『富士文学百景』という名で、いつか出版できればと思っている。

　また、私は「西斎」の雅号で「新富嶽三十六景」という版画も制作している。もちろん、「西斎」は「富嶽三十六景」を描いた葛飾北斎に因んだ名前である。私は常々、日本の古典文学作品に見られるような人間と自然とが一体化した世界観と、自然から切り離された現代に生きる私たちの感覚との間に溝を感じている。それを表現するために、北斎の「富嶽三十六景」へのオマージュとして、「新富嶽三十六景」を制作したのだ。その中から一点ご紹介したい。富士山が世界遺産に登録されたお祝いに、富士山と折り鶴をあわせてみた。富士山ひいては日本文化が世界に羽ばたいていく様を表現し、日本文化が世界により広まっていくことを祈願した作品である。

5 踏み分けたのは「人間」か「鹿」か？

猿丸大夫《さるまるだいふ》

伝承の歌人。実在したかどうかも含め、詳しい人物像は不明。多くの詠み人知らず歌を集めた古歌集『猿丸集』がある。「大夫」は「だゆう」とも読む。三十六歌仙の一人。

奥山に紅葉《もみぢ》踏み分け鳴く鹿の 声聞く時ぞ秋はかなしき

In the deep mountains
making a path
through the fallen leaves,
the plaintive belling of the stag—
how forlorn the autumn feels.

［現代語訳］
奥深い山で、散った紅葉を踏み分けて歩いて行き、鳴いている鹿の声を聞く時は、ますます秋が悲しく感じられる。

まず和歌と現代語訳をじっくり見てみてほしい。皆さんは、「奥山に紅葉踏み分け」ているのは誰だと思っただろうか。私は最初この歌の主人公である人間が歩いているのだと思った。しかし実は、「鳴く鹿」が「踏み分け」ているのだと取る解釈と、人が「踏み分け」ながら鹿の声を聞いているのだという解釈の両方が可能である。

和歌に限らず日本語では、動作をしているのが誰なのか、はっきりしないことが多い。例えば、『源氏物語』でも誰の動作や発言なのか、ただちに分からないことがある。読み取るには、敬語などの人と人の関係性を示す表現に気を配る必要がある。

現代においても、古典文学ほどではないが、動作をしているのが誰か分からないことが多い。またそれをはっきりさせる場合でも、代名詞や名前よりも、人と人との関係性を示す言葉を使う。例えば、「先輩」という言葉を特定の人に対する呼びかけに使うといったように。

こういった特徴は、言語や文法だけの話にとどまらず、文化そのものも映し出していると思う。特に、「人間」は「人」の「間」と書くのだと気づいた時には、神秘的な感動を味わった。人間を関係性で定義する文化と、個人として捉えていく文化とでは、人間の捉え方が異なる。

もともと西洋においても、中世までは個としての人間ではなく神様が中心だった。詩でもI（私）ではなくman（人間）が詠まれた。ところが、デカルトの「我思うゆえに我あり」以来、個が中心に据えられ、西洋では絶えずIを主張することになった。イギリスの有名なロマン派の詩人ワーズワースの水仙を歌った詩も、「I wander lonely as a cloud（雲のようにさまよった）」から始まるように、英文学においては、Iが必ず詩の中心になる。雲のようにさまようIの気持ちに読者が共感することで初めて詩が成り立ち、詩が始まっていくのである。

私もこの「Iがない」ことがありえない文化の中で育ってきた。そのため、最初にこの歌を英訳した際にも「I hear the lonely stag / belling for his doe」とIを補った。しかし、この歌の背景に、自分がこれまで馴染《なじ》んできたのとは違う文化と、人間に対する考え方があることに気がついた。そこで再訳したときには、この歌が主語を主張しない顕著な例であることがわかるように、どちらにも読み取ることができるような、もとの歌に近い訳を試みた。

人間に対する捉え方の違いは、自然との関わり方の違いにも直結している。西洋の詩において、人というのは自然と対立し眺めている主体である。それに対し、和歌においては、人も自然と一体化している。和歌はIを主張しなくても成立するのである。この歌もそうした例の一つで、英訳することで日本人の文化的特徴でもある自然と人間との近しさがくっきり浮かび上がったように思う。

未曾有のパンデミックや、自然破壊、地球温暖化などをめぐり、現代では、人間と自然とが対立的に捉えられることが多い。しかし、だからこそ日本の古典の中に息づく、人間も自然の中の一部という考えが、今の世界に必要なものではないだろうか。

6 「鵲《かささぎ》」とはどんな鳥か？

中納言家持《ちゅうなごんやかもち》――大伴家持。大伴旅人の子。七一八年頃〜七八五年。三十六歌仙の一人。『万葉集』の撰者とされている。

鵲《かささぎ》の渡せる橋におく霜の 白きを見れば夜《よ》ぞふけにける

How the night deepens.
A ribbon of the whitest frost
is stretched across
the bridge of magpie wings
the lovers will cross.

［現代語訳］
鵲が天の川にかけた橋に置いた霜が白いことを見ると、夜も更けたことであるよ。

七夕には織姫と彦星が会えるように、鵲が自分たちの羽根で天の川に橋をかけるという。今回の歌の「鵲の渡せる橋」はここからきている。この歌の解釈や作者については諸説あるのだが、『日本の古典を英語で読む』（祥伝社）などで何度か扱ったので、今回はもう少し楽しい話題をご紹介しよう。

そもそも皆さんは鵲という鳥を実際に見たことはあるだろうか。白と黒の羽を持った細身の鳥で、鳩くらいの大きさだ。どうやら日本では限られた地域にしか生息していないらしい。私の故郷アイルランドでは、どこにでもいるような馴染《なじ》み深い鳥で、「一羽は孤独、二羽は喜び、三羽は女の子、四羽は男の子、五羽は銀、六羽は金、七羽は絶対に話してはいけない秘密」という童謡もある。アイルランドでは知らない人のいない、鵲の数え歌だ。

もう一つは日本の話で、『扇の草紙』という作品群がある。『扇の草紙』は、扇の形をした枠の中に絵が描かれていて、その周囲に和歌が書かれている。人々はこの絵を見て、何の和歌を描いたものかを当てて遊んだようで、中世後期から近世初期にかけて流行したらしい。『扇の草紙』は屏風《びょうぶ》や絵巻、冊子など様々な形で伝わっており、描かれる和歌も一点ごとに異なるのだが、今回の鵲の和歌が描かれた絵巻を、私は見たことがある。国文学研究資料館のプロジェクトで同館所蔵の『扇の草紙』を翻訳した時のことだ。和歌を読むというと紙に書かれた文字を読む印象が強いかもしれないが、かつては様々な形で親しまれていた。『百人一首』かるたもよい例だ。

とりわけ『扇の草紙』の表現方法は、私のお気に入りだ。鵲の歌の絵［写真1］を見てもらいたい。そこに白と黒の鳥の姿はない。描かれているのは、白くて大きな鷺《さぎ》と傘だ。一種の言葉遊びになっているのだが、おわかりいただけただろうか？　「傘」と「鷺」で「かささぎ」だ。こういう遊びは、日本では珍しいものではないだろうが、外国人の目から見るととても新鮮だ。絵で言葉を表す表現方法は、絵と文字が完全に分かれてはいないからこそ成り立つ。ここには異なる要素を融和させる日本文化の遊び心が現れているように思う。

　二六頁で紹介した通り、私は「新富嶽三十六景」という版画のシリーズを作っている。その中で、『扇の草紙』に着想を得た作品も制作した。富士山を模した三つの扇に『百人一首』に因《ちな》んだ絵と、平安貴族に囲まれた日本文学研究者のロバート・キャンベル氏の絵を描いている［写真2］。キャンベル氏には『扇の草紙』の翻訳時に大変お世話になった。「新富嶽三十六景」は古典の世界観と現代の溝を、富士山を通じて埋めることを目指して描いている。今回の作品では、絵の中の人物や動物に皆マスクを着用させてみた。『扇の草紙』に学びながら、古典の代表である『百人一首』の歌とコロナ時代のニューノーマル社会を同時に描いてみたのである。

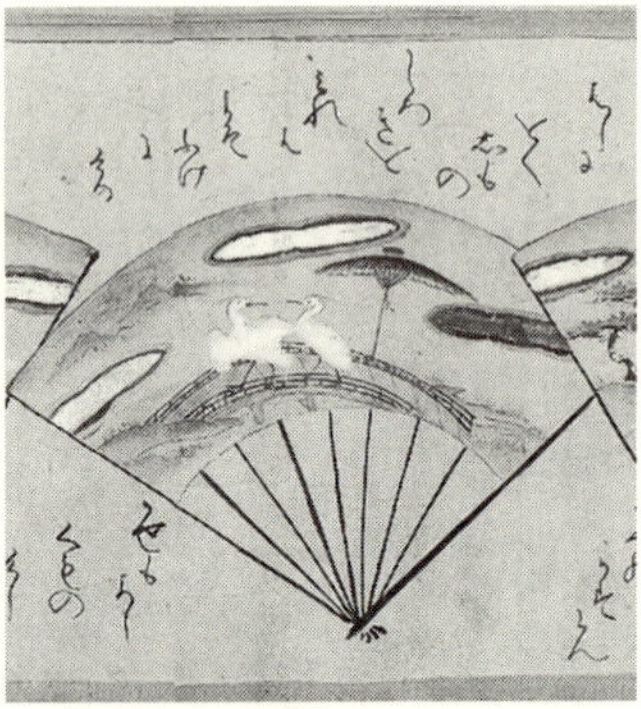

［写真1］『扇の草紙』の一部
（国文学研究資料館所蔵）

［写真2］マクミランさん制作の「コロナ扇の草紙富士」の一部

7 「月」を見て日本人が思い浮かべるのは？

阿倍仲麻呂《あべのなかまろ》　六九八〜七七〇年。遣唐留学生として入唐し、半世紀以上を唐で過ごした。百首の中で、唯一、外国で詠まれた歌とされる。

天の原ふりさけ見れば春日《かすが》なる　三笠の山にいでし月かも

［現代語訳］
大空を遠く仰ぎ見ると、そこにある月は故郷の春日にある三笠の山に出たのと、同じ月なのだなあ。

I gaze up at the sky and wonder—
Is that the same moon
that shone over Mount Mikasa
at Kasuga
all those years ago?

作者の阿倍仲麻呂は留学生として唐に渡り、唐の玄宗《げんそう》皇帝に仕えた人物である。この歌を収める『古今集』の詞書には、仲麻呂が長年唐で勤めたのち、帰国の際に明州《めいしゅう》（現在の寧波《ニンポー》）で催された餞別《せんべつ》の宴で月を見てこの歌を詠んだことが記されている。しかしその後、彼が乗った船は難破して帰国することは叶《かな》わず、唐に戻ってその生涯を終えたという。この歌に詠まれた春日は現在の奈良市東部一帯、三笠山は春日大社の後方にある円錐《えんすい》形の山で、奈良のシンボルのような地名の一つだった。

阿倍仲麻呂は和歌も漢詩も作ったが、日本生まれの文芸である和歌と中国生まれの文芸である漢詩とでは月に対する感覚に違いがあったようだ。和漢比較文学の研究者である大谷雅夫氏がこんな指摘をしている。和歌は月を見て「今も昔も同じ月」と昔のことを思い出す傾向にあるのに対し、漢詩は「いま出ている同じ月を、遠方の友人も見ているだろう」と遠く離れた友人のことを思う、という(『歌と詩のあいだ　和漢比較文学論攷』岩波書店)。だからこの歌を、日本の注釈は、「かつて日本にいた時に見た月と同じなのだな」と解釈するが、中国の注釈は、「いま日本でも同じ月が出ているだろう」と訳すのだそうだ。

西洋人の感覚は、どちらかというと中国的な感覚に近い。世界的に見ても、日本の月に対する感覚は少数派であるように思う。現代の日本人でも、月を見て自分の過去を思い出すよりは、遠く離れたところで、いま同じ月を見ている人のことを思う方が多いのではないだろうか。そう思って友人に聞いてみたら、安室奈美恵の「TSUKI」やフジファブリックの「同じ月」という曲を教えてもらった。どちらも、離れた場所で相手と自分が今同じ月を眺めているのだろうか、というような歌詞が入っている。

以前、『英語で読む百人一首』(文藝春秋)という本にも書いたが、仲麻呂の歌をもとに、二つの詩を詠んでみたことがある。「Is that the same moon / that I see in the vast sky tonight / that was rising /

over the hills of Kildare / all those years ago?（天の原ふりさけ見ればキルデアなる我がふるさとに出でし月かも）」。これは「春日」を「キルデア（アイルランド東部の地名）」に、「三笠の山」を「我がふるさと」にもじっただけの歌だ。もう一つは、「Are you well? / At night I say a prayer for you. / Though so far away, / we are bathed in the light / of the same autumn moon.（いかがお過ごしでしょうか？　夜になると、あなたのために祈ります。身は遠く離れても、二人に注ぐ光は同じ秋の月）」。遠く離れた故郷アイルランドの母を思って詠んだ歌だ。

つまり私は知らずしらずのうちに、月を見て過去を思う日本の古典的な歌と、中国あるいは西洋的な、月を見て遠く離れた人を思う歌を詠んでいたのだ。この両方を選ばせてくれるところに、月というものの普遍性を感じる。考えてみれば、「同じ月の下」とは言っても、「同じ太陽の下」とは言わない。どこの国の人にも、月に自分の心を託したい、という気持ちがあるのだろう。

8 「うぢ山」に掛けられたふたつの言葉とは?

喜撰法師《きせんほうし》 ——生没年、出自など未詳。「六歌仙」の一人に選ばれているため、八五〇年前後に活躍したとみられる。

我が庵《いほ》は都のたつみしかぞ住む よをうぢ山と人は言ふなり

I live alone in a simple hut
south-east of the capital,
but people speak of me as one
who fled the sorrows of the world
only to end up on the Hill of Sorrow.

〔現代語訳〕
私の庵は都の東南にあり、このように心穏やかに住んでいる。それなのに私が世の中を辛く思って、宇治山に逃れているのだと人々は言っているそうだ。

この歌は、現在、京都の市街地から離れた嵯峨に住んでいる私としては、とても共感を覚える歌である。

この歌の作者は、おそらく都の人から、世を厭《いと》って宇治山に逃れ住んだと思われている。しかし、作者は宇治で満足して暮らしているのだ。私も嵯峨の小倉山で満ち足りた暮らしを送っているが、ここに移り住んだことを、世の中から逃げているという人もいる。だから、作者喜撰法師にとっての宇治と、私にとっての小倉山は重なってくるのだ。

和歌についての説明を少し加えよう。「庵」は僧などの世捨て人が住む粗末な仮小屋。「うぢ山」には「宇治」と「憂し」が掛けられている。「憂し」が掛かることを疑う説もあるが、少なくとも「う」には「憂」の意が掛けられていると考えてよく、「世の中を辛く思って、宇治山に逃れている」という歌の意は変わらない。

「しかぞすむ」の「しか」は指示語で、ここでは「心穏やかに」ということを指すと解釈した。同時に「しか」という音からは「鹿」が連想される。私の家の近くにも鹿がいて、庭の花を食べにやってくる。宇治の平等院の扉絵には鹿の姿が描かれていたから、宇治と鹿の組み合わせも自然である。そんなところにも親近感を覚えるのだ。

翻訳では「宇治山」の訳を工夫した。宇治山は固有名詞なので、「Uji-yama」とそのまま訳すこともできる。しかし、歌では掛詞《かけことば》で「憂」ぢ山であるとする。世の中の人が抱いている宇治山のもの寂しいイメージを表すため、英訳においても「Hill of Sorrow（悲しみの丘）」としてみた。

繰り返しになるが、作者にとって宇治山の暮らしはおそらく満ち足りたものであったのであろう。私の場合も同じだ。私の家の近くには古くからの友人が住んでいて、移り住む前からたびたび訪ねていた。自然豊かな美しい山々、静謐《せいひつ》な竹林に憧れ、いつかこの小倉山のふもとに住みたいと願っていた。最近ようやく念願を叶えることができたのである。これからもこの小倉山で、心豊かな暮らしを続けていきたい。

しかし、京都の人に言わせると、嵯峨は京都市の端。まちなかに住んでいる方からは、「嵯峨は世の果てだよ」とか、「(和食の)吉兆に食べに行く時しか訪れない場所だね」などと散々な言われようをする。市内の人々にとってはまちから外れた田舎という認識らしい。

「人は言ふなり」と、気にしないことにしている。それに、私なりには京都市民としての誇りが芽生え始めている。

9 「掛詞」はいくつ使われているのか？

生没年未詳。平安時代前期九世紀頃に活躍したとみられる。六歌仙の一人。クレオパトラ、楊貴妃とともに世界三大美人の一人に数えられることもある。

小野小町　おののこまち

花の色はうつりにけりないたづらに　我が身よにふるながめせしまに

Like these paling cherry blossoms,
the blossom of my youth that's faded
was one that bloomed in vain—
Recalling my scattered loves of long ago,
I gaze out on the endless rains of spring.

〔現代語訳〕
美しい桜の色は、もうむなしく色あせてしまったことよ、春の長雨が降っていた間に。自分の花のように美しかった容色も、むなしく衰えてしまったことだ、男女の間のことで物思いにふけっていた間に。

『百人一首』の中で最も洗練された歌の一つだと思う。まず、ずっと雨が降り続けて美しかった花の色があせてしまうという意味と、かつては美しかった女性が年老いて物思いをしているという二つの意味が込められていると解釈できる。「よ」は「世の中」と「男女の仲」という二つの意味がある。また、「ふる」は「降る」と「経る」の掛詞で、「ながめ」も「長雨」と物思いにふける意の「ながめ」の掛詞である。掛詞により全く異なる意味が重ねられ、重層的な歌になっている。

このようにさまざまな技巧が凝らされた歌だからこそ、英訳は至難の業であった。掛詞は同音異義語が多い日本語だからこそ成り立つのであって、英語で再現するのは難しい。二十年も試行錯誤を続けて、今回、ようやく納得いく訳ができた気がする。

この新訳では、花に関する言葉に具体的な意味と抽象的な意味の両方をもたせることで、元の歌の掛詞を英語で表現することに挑戦している。たとえば「blossom of my youth」(私の若さの花)、「faded」(色褪せる・女性としての容色が失われる)、「bloom」(花開く)、「scattered loves」(虚しく散ったたくさんの恋)などの言葉がそれに当たる。桜の花が色褪せていくという具体的なイメージと、自分の若さや美が衰えていくという抽象的なイメージとを重層的に表現することができたと思う。

作者である小野小町は、平安時代屈指の女性歌人であった。伝説ではそれに加えて、絶世の美貌を武器に数多《あまた》の男性と浮名を流した、恋多き女性だったとも伝えられている。そこから派生して、年を取り落ちぶれてしまった小町に関する伝説なども残されており、小町伝説を題材にした謡曲も複数ある。

美しかった小町がこの「花の色は〜」の歌を詠んだことを思うと、何とも切ない気持ちになるが、実は、アイルランドにも小町伝説を思わせる物語があった。その物語の主人公は、アイルランド神話の女神で、海の神の妻、もしくは娘として伝えられている。若かりし頃の彼女はとても美しく、王様と一緒にミード（蜂蜜酒）とワインを飲んで楽しみ、自らの美しさと恋愛遍歴を誇っていた。しかし、彼女は七度の青年期を迎えると年老いてしまう運命にあった。老いた彼女は、暗闇の中で寂しく祈りを捧げるだけの、皺《しわ》だらけの醜い老婆になり果ててしまったのである。彼女は「The Hag of Beara」（邦題「ベーレの老婆」）という一〇世紀のアイルランドの古詩にも登場する。恋愛の数々を官能的・直接的に描くこの詩は強烈であり、また美しく斬新である。「花の色は〜」の歌とは、異なった部分を持ちつつ、重なる部分もある。さらに驚くべきは、この二つがほぼ同時代の作品であるということ。表現方法は大きく違い、文化の差を感じさせる一方で、衰えていく美というのがいかに普遍的なテーマであるかを実感させられる。

10 「逢坂の関」を越えるとどうなるのか？

蝉丸《せみまる》——生没年未詳。平安時代前期に活躍。「坊主めくり」でも人気。

これやこの行くも帰るも別れては　知るも知らぬも逢坂《あふさか》の関

So this is the place!
Crowds,
coming
going
meeting
parting,
those known,
unknown—
the Gate of Meeting Hill.

［現代語訳］
これがあの有名な、行く人も帰ってくる人もここで別れては、知っている人も知らない人もここで会うという、逢坂の関なんだなあ。

せわしなく行き交う人々の動き、出会い、別れの中に、人生の深さとはかなさを感じる。『百人一首』の中でも特に優れた歌の一つではないだろうか。人間の生き方が深く詠まれている歌でありながら、ここにはリズム感と動きがある。凝縮されたテーマの深みと、生き生きとした軽妙な表現のコントラストが素晴らしい。

作者は謎の多い伝説的な歌人、蟬丸である。蟬丸は、盲目の法師とも親王に仕えていた小役人ともいわれるが、はっきりしたことは分からない。ただ歌の素晴らしさゆえに、語り継がれてきた人物なのだろう。かつての逢坂《おうさか》の関付近には蟬丸の名を冠する神社があり、そのなかのひとつ、関蟬丸《せきせみまる》神社を先日訪問してきた。二〇二二年に創祀《そうし》一一〇〇年を迎えた神社は、建物の老朽化が進んでおり、修復工事に向けてクラウドファンディングも行われたらしい。歴史ある神社がこれからも長く続いていくことを願うばかりだ。

さて、歌の舞台でもある逢坂の関は、山城国（京都府）から近江国（滋賀県）へ行くときに越える要衝の地、逢坂山にあった。現代では京都府と滋賀県は同じ近畿地方だが、平安時代は山城国が畿内とされ、都と同じ文化圏に属していた一方で、東山道《とうさんどう》の近江国は畿外とされていた。近江国から伸びてゆく街道は東国、さらには陸奥へと続いてゆく。その始まりにある逢坂の関は東国への入り口であり、この関所を越えることは大きな旅になることを意味していたのだ。

英訳する際、「関」を直訳すると「barrier」となるが、それでは閉鎖的な感じがしてしまう。そのため「the Gate of Meeting Hill（人の出会う坂の入り口）」と訳した。また普段和歌は五行詩の形で訳しているが、あえて一行あたりの単語を一つにすることで、視覚的なリズム感を出し、行き交う人々の動きを表現してみた。

私は今までに『百人一首』を二回翻訳した。本書でも歌によっては新たに三回目の訳を掲載しているが、この歌の訳は初めて訳したときのままだ。『百人一首』を最初に全部訳し終えたとき、当時私を指導してくれていた文学者の加藤アイリーンさんの勧めで、訳をドナルド・キーン先生に見ていただくことになった。ただしアイリーンさんは、この逢坂関の歌の訳はキーン先生にはあまり見せたくない、五行詩の形になっていないから絶対よくないとおっしゃると思う、とためらっていた。だからおそるおそる見ていただいたのだが、蓋《ふた》を開けてみると、キーン先生が特に評価してくださったのはこの歌だった。一行に一語を置く構成に躍動感・リズム感があり、動きを感じるとおっしゃり、果てには「明治時代から十数回訳されている『百人一首』であるが、この訳が一番すぐれている」とまで褒めていただいた。英語にも日本語にも造詣の深いキーン先生に、翻訳を認めていただけたのはとても嬉《うれ》しく、他界された今でも懐かしく思い出す。

11 「漕ぎ出る舟」は何を意味しているのか?

参議篁《さんぎたかむら》——小野篁。八〇二〜八五二年。漢詩人として活躍した。「参議」は太政官の官職の一つで、大・中納言に次ぐ要職。

わたの原八十島《やそしま》かけて漕《こ》ぎ出《い》でぬと 人には告げよ海人《あま》の釣《つり》舟

Fishing boats upon the sea,
tell the one I love
that I've sailed away to exile,
out past countless islets
to the vast ocean beyond.

［現代語訳］
大海を多くの島々を目指して私は漕ぎ出ていくのだと、都にいる人たちだけには伝えておくれ、漁師の釣舟よ。

今回の和歌は、小野篁《おののたかむら》が流罪になったときのもの。『古今集』の詞書は、「隠岐国に流罪になったときに、舟に乗って流刑地へ出発するといって、都にいる人のもとに贈った和歌」とする。篁は遣唐副使に任命されていたが、船の用意のトラブルから乗船を拒否し、政権批判を行ったため、隠岐国へ流されることになってしまった。舟に乗り、今まさに流されようとするときの和歌である。これから篁の向かう場所は都から遥《はる》か遠くだ。現在のように気軽に連絡の取れる時代ではなく、流罪になるということは大切な人々との別離に直結する。『百人一首』では詞書がなくなり詠歌の具体的な状況はわからないため、より普遍的な別離の和歌に見える。

この和歌には寂しさや悲しみが直接表されていない。歌に描かれているのは広大な海とぽつんとある舟、都に残してきた人への思いだけなのだ。篁は海人の釣舟に向かって、自身の出発を告げてほしいと頼む。釣舟はもちろん返事をしないし、都の人に伝えてもくれないだろう。それがわかっていても、舟にまで呼びかけずにはいられないのだ。直接に孤独を詠むよりもかえってもの悲しく、余情の豊かな歌ではないだろうか。

さて英訳の際には、『古今集』の詞書を踏まえて訳す方法と、詞書を持たない『百人一首』の和歌のみによって訳す方法と、二通りがある。以前に訳したときは後者にしたが、新訳では『古今集』の詞書に基づいて「exile（流罪）」を補った。また「人」は京の親しい人々を指すと解釈しているが、「tell everyone（皆に言って）」と直訳すると、散文的で自分自身の辛さを前面に押し出している印象を与えてしまう。これでは多くを語らない歌の雰囲気が損なわれるため、以前の訳では「tell whoever asks（尋ねた人に伝えて）」と柔らかく訳し、悲しみを婉曲的《えんきょくてき》に表すもとのニュアンスを大切にした。ただ「人」は京に残した篁の恋人とも解釈できるので、今回の新訳ではそのように訳した。

流罪の意をとるか否か。この違いは、アイルランド出身の私にとってとても大きい。アイルランドでは「exile」は日本以上に文学の重要なテーマである。流罪と亡命は、英語ではどちらもexileで表す。二〇世紀に至るまで、アイルランドは数百年にわたってイギリスの植民地で、亡命が多くあった。また、一九世紀には大規模な飢饉《ききん》が発生し、二〇〇万人ほどが国外に逃れたとされている。ジェイムズ・ジョイスやサミュエル・ベケットなど、アイルランドを代表する文学者も国外に移った。ジョイスの小説『若い芸術家の肖像』は最後に主人公が海外へ行くところで終わる。これはとても有名な場面で、アイルランド人の魂に刻まれていると言っても過言ではない。

私自身も母国を離れたアイルランド人の一人である。帰郷するたびに、そして再び出発するたびに、私はしみじみと母国を離れたことを実感する。私は流罪になったわけではないが、この歌の寂寥感《せきりょうかん》には大いに共感できるのだ。

12 「乙女」が舞う舞台はどこか?

僧正遍昭《そうじょうへんじょう》

八一六〜八九〇年。平安前期の僧で歌人。六歌仙の一人。桓武天皇の孫で官位にも就いたが、仁明天皇の崩御後に出家し、後に僧正の位に就いた。

天《あま》つ風雲の通《かよ》ひ路《ぢ》吹きとぢよ をとめの姿しばしとどめむ

Breezes of the heavens, blow closed
the pathway through the clouds
to keep a little longer
these heavenly dancers
from returning home.

［現代語訳］
天の風よ、雲の中の通り道を吹き閉ざしてくれ。すばらしい天女の姿をまだここに少し留めておきたいのだ。

この歌は、『古今集』の詞書によれば、陰暦一一月の豊明《とよのあかりの》節会《せちえ》で五節舞《ごせちのまい》を舞う少女を見て詠まれたものである。豊明節会とは、五穀豊穣《ほうじょう》を願う宮中行事のあとに行われる公式の宴会のことである。一連の儀式が終わると、大歌所《おおうたどころ》の長官が歌人と楽人を率いて大歌を天皇に捧げる。大歌とは、民間の謡《うた》い物に対して、宮中での公式行事で使用される謡い物のことで、大歌所はそのための部署である。やがて舞姫が登場し、舞台の上で歌に合わせて舞がはじまる。五節舞である。この歌では、その五節舞姫の少女の美しい姿を天女に例えている。

舞姫を天女に例えるのは大げさな表現と思われるかもしれないが、そうではない。五節舞はそもそも、天武天皇が吉野の宮で琴を演奏すると、眼前の峰に天女が降りてきて、琴の調べに合わせて袖をひるがえして舞ったのが始まりであるとされる。また、五節舞が舞われる宮中は、「雲の上」とも表現される。つまり天女伝説を踏まえたこの歌は、「雲の上」である宮中で歌われるにふさわしいのである。風が天女の帰り道を閉ざしてしまえば、天女たちは天上に帰ることはできず、しばし地上にとどまることとなる。舞姫の美しい姿をもう少し見ていたいという心情を表した歌である。

さて、この歌の良さは、隠喩の使い方にあると思う。「天つ風雲の通ひ路」と始めて、舞台を天上世界に設定する。それが実は宮中の比喩であることは、歌の中では明かされない。詞書を持たない『百人一首』の形で読めば、舞台が宮中であるとはわからず、天上世界そのものを描いたように見えるだろう。特に「雲の通ひ路」という表現は、乙女たちの立っている場所が陸ではなく天の上なのだということに臨場感、存在感を与えている。天上世界の乙女たちをとどめたいと風に向かって願うという幻想的な世界観に、リアリティーが加えられる。こうした比喩のあり方は実に歌らしく、「天つ風」、「雲の通ひ路」といった一つ一つの表現も美しい。

また「乙女」その人ではなく、「乙女の姿」をとどめたいと言っている点も注目に値する。乙女の舞っている情景を一つの場面として捉えて、その光景をまるごととどめたい、と願っているように感じられる。

英訳についてだが、以前は「Breezes of Heaven」と訳したが、今回は「Breezes of the heavens」という〝新訳〟を用意した。いっけん大した違いはないが、ニュアンスはずいぶん異なる。単数形の「Heaven」はキリスト教などでの天国という意味になる一方、後者の複数形の「heavens」は天空、天の国といった、ギリシャ神話などに出てくるような、より幻想的な天の世界を示す。キリスト教などの一神教に対して、日本は多神教である。このことからも「heavens」が「Heaven」よりふさわしい。

13 「筑波嶺」は何を表す歌枕なのか？

陽成院《ようぜいいん》——八六八〜九四九年。第五七代天皇。乱行を理由に関白藤原基経によって退位させられた。上皇だった期間は六五年に及び歴代最長とされる。

筑波嶺《つくばね》の峰《みね》より落つるみなの川　恋ぞつもりて淵《ふち》となりぬる

Just as the Minano River
flows from the peak
of Mount Tsukuba,
so my love cascades
to make deep pools.

［現代語訳］
筑波山の峰から流れ落ちるみなの川が、水かさを増して深い淵となるように、あなたを思う私の恋心も、ほのかな思いから、淵のように深い深いものとなりました。

この歌は、恋心を流れ来る水のように捉え、それが積もるように集まってよどみ、深い淵になった、と例えている歌である。第三句「みなの川」までは序詞《じょことば》で、恋心が深まっていくさまを隠喩で表現している。

初句に詠まれる「筑波嶺」は、常陸国《ひたちのくに》（茨城県）の筑波山の頂上のことをいう。筑波山には東西に峰が二つあり、西は男体山《なんたいさん》、東は女体山《にょたいさん》と呼ばれている。そしてその間を流れるのが男女川《みなのがわ》だ。

この筑波嶺のあたりでは古代、「歌垣《うたがき》」という催しが行われていた。歌垣とは男女が集まって踊ったり、歌を贈りあったりしたのち共寝《ともね》するというもので、求婚の場の一つでもあった。そのため、当時の人々は筑波嶺ときくと、男と女、恋愛を連想した。このように、それ自体が何らかのイメージを持つ地名のことを歌枕という。歌枕を詠み込むことで、三一音に描かれた情景以上のイメージが、背景に浮かんでくるのである。

さて、作者の陽成天皇は、病気のため乱行が絶えず、宮中で起きた殺人の嫌疑をかけられたこともあった。この歌の詞書には「釣殿《つりどの》の皇女《みこ》につかはしける（光孝天皇の皇女に贈った歌）」とあり、実在の内親王に贈った歌であるとされる。彼女は後に陽成天皇の后《きさき》となる人で、この歌には天皇の純粋な恋心が詠まれていると理解されることが多い。

だが歌枕に着目すると、違う読み方ができるかもしれない。「筑波嶺」を詠むことで、ことば以上に意味が広げられている。すなわち、陽成天皇はこの歌枕を用いることによって、歌垣や共寝という男女関係を示唆しているという捉え方だ。これは定説ではないけれども、姫君はこの歌を受け取ったとき、その場面を思い起こしはしなかっただろうか。歌枕を踏まえてこの歌を読んでみると、雅びな恋物語というよりは、ひょっとするといくらか直接的な歌と取れるかもしれない。

翻訳においては、「峰より落つる」の部分に苦労した。英語の感覚では、川は峰の間を流れるもので、峰から流れてくるわけではない。日本語の原文には「flow（流れる）」の方が合うが、英語としては「surge（勢いよく湧き出る）」の方が自然で、しかも人の気持ちが募る様子にも使う言葉である。熟考の末、「flows from the peak」というのはやや違和感のある言い回しではあるが、本来の歌のニュアンスに近いのではないかと思い、本書ではこちらを採用した。

英訳では、歌枕によって広げられたイメージを伝えることが難しい。とはいえ、そのまま読んでもとても素晴らしい歌である。現代の日本人も、歌枕によってイメージが呼び起こされるということは決して多くないだろう。その意味では、和歌を鑑賞するときの現代日本人と外国人の感覚は、実はそう遠くないのかもしれない。つまり、解説に頼りさえすれば、外国人も日本人と同じように和歌を楽しむことができるのである。

14　「しのぶもぢずり」の乱れ模様が暗示しているのは？

河原左大臣　かわらのさだいじん

源融。八二二〜八九五年。嵯峨天皇の皇子だったが、源氏に臣籍降下した。『源氏物語』の主人公、光源氏のモデルの候補として名を連ねる。

陸奥《みちのく》のしのぶもぢずり誰《たれ》ゆゑに　乱れそめにし我ならなくに

My heart's as tangled
as the wild fern patterns
of Shinobu cloth of the far-off north.
Who else but for you
could I be dyed in this way?

［現代語訳］
陸奥の信夫《しのぶ》もじずりの乱れ模様のように、私の心は忍ぶ恋で乱れているが、それはあなたのために他ならない。あなた以外のほかの誰かのために、乱れ始めたのではないのだ。

今回の歌はレトリックを多く含む。まず陸奥は、「道（東山道）の奥」の地であった東北地方の東半分をいう。ここでは「陸奥のしのぶ」として、次に出てくる信夫郡《しのぶのこおり》（福島県）の所在地を示している。信夫郡から産出される摺《す》り染めの布が「しのぶもぢずり」で、忍ぶ恋を暗示する。ここまでが乱れ模様の布を想像させる序詞になっていて、「みだれ」に掛かる。さらに下の句の「そめ」は、布を「乱れ染め」にすることと、自分の心が「乱れ初《そ》め」てしまったことを掛ける。他の誰でもなくあなたが私をこんなふうにしたのだ、と強く訴えかける歌だ。

ここに詠まれた二つの地名は、いずれも読者の連想を呼び起こす歌枕である。だが外国人には「信夫」が「忍ぶ」を連想させることや「陸奥」が「道の奥」の意であったことが伝わらない。歌枕では地名の意味だけでなく音も重要だと考えて、以前は「Michinoku」と訳していたが、今回は北の果てであることを表す「far-off north」と訳してみた。「陸奥」には遠くはるかな地に憧れる都人の心が込められていると思うからだ。『百人一首』が選ばれたのは、今回の歌の作者、源融《みなもとのとおる》が生まれてから約四〇〇年後のことだが、『百人一首』には歌枕を詠んだ歌が多く選ばれている。これは定家や彼の時代の興味関心を反映しているのかもしれない。

今回の歌は、『百人一首』に採録されるはるか以前から、名歌として知られていた。すでに『伊勢物語』初段に「春日野《かすがの》の若紫のすり衣《ごろも》しのぶのみだれかぎり知られず」という、融の歌を踏まえた歌が載っている。主人公の人物像を紹介する初段で、融の歌を踏まえて詠む姿からは、主人公の機転や教養がうかがわれ、歌心に優れた理想的な恋人像として描かれている。

さて、この歌が評価された理由は掛詞や縁語・序詞を利用したレトリックにあるだろうから、英訳もその再現を目指した。「tangled」は糸が絡まることや、もつれた感情を表す時に使う語である。具体的な場面と抽象的な場面の両方で用いるため、この歌の衣を中心とした比喩表現にぴったりだと考えた。また「dyed（染めた）」も、「乱れそめにし」の「そめ」の掛詞を英語で再現するために選んだ言葉である。

実は以前はこの歌の下句を「誰ゆゑに乱れそめにし。我ならなくに（誰のせいでこんなに乱れ始めたのか。私のせいではない――あなただ。）」と切って解釈していたが、『百人一首で文法談義』（小田勝著、和泉書院）を読んで、「誰ゆゑに乱れそめにし我ならなくに。（ほかの誰かのせいで乱れ始めた私、というわけではない――あなたゆえだ。）」と切る方がよいと思った。そのため今回、英訳を大幅に変えている。またこの歌は『古今集』では第四句が「乱れむと思ふ」となっており、歌の詠まれた状況が違うものになっているので、それにも随分惑わされた。日本の古典を英訳する時には「しのぶもぢずり」の乱れ模様以上に、頭を悩ませることもあるのだ。

15　天皇は何のために「若菜」をつむのか？

光孝天皇《こうこうてんのう》　——八三〇～八八七年。第五八代天皇。仁明天皇の第三皇子。陽成天皇の後に五五歳で即位。

君がため春の野に出《い》でて若菜つむ　我が衣手《ころもで》に雪は降りつつ

For you,
I came out to the fields
to pick the first spring greens.
All the while, on my sleeves
a light snow falling.

［現代語訳］
あなたのために春の野に出て若菜をつむ私の袖に雪が降り続けていて。

今回取り上げるのは、新春に天皇が詠んだ歌である。若菜は春先に萌《も》え出る青色の野菜の総称。羹《あつもの》（スープ）にすると邪気を払うという。醍醐《だいご》天皇の時代から、正月に天皇に若菜を供することが年中行事として定着したようで、正月の景物として歌に詠まれることも多い。四句の「衣手」

は袖の意で、平安時代以降、ほとんど和歌専用のことばとして用いられた。

この歌をめぐっては、理世撫民《りせいぶみん》（世を治め、民を労わる）の歌と解する説や、苦労して若菜を摘んだ臣下を思いやった歌とする説のほか、光孝天皇自らが雪の降るなか若菜を摘んだのではなく、若菜を贈る際に雪が降っていたためにこのように詠んだと見る説など、様々に解釈されている。

英訳では「For you」つまり特定の大切な人のために摘む、というイメージを強調してみた。今の日本では「つまらないものですが」「粗茶です」「荷物になりますが」など、人に物を贈るとき謙遜することが多いと思うが、昔の人はまるで現代の外国人のように渡していたのだろうか。

この歌からは、若菜や正月、邪気払いといった縁起の良い情景が次々に浮かんでくる。それだけでなく、天皇の御製《ぎょせい》ということもあって、特別感もある。しかし、この歌を英訳するとなると、そうしたイメージはなかなか伝わりにくくなってしまう。そのため、英訳では、若菜を「the first spring greens」すなわち春の七草として訳し、若菜を摘むことと行事との関連を表してみた。もとの歌に詠まれた縁起のいい様子は示しきれていないし、散文的な訳し方であることは否めないが、歌のニュアンスに少しでも近づけられたのではないかと思う。

ところで、この歌は競技かるたをやっている方にとっては、いくらか面倒な札として記憶されているかもしれない。というのは、初句「君がため」で始まる歌は、『百人一首』のなかに二首あるからだ。もう一首は、「君がため惜しからざりし命さへ長くもがなと思ひけるかな」（五〇番）。つまり二句目の最初が「は」か「お」のどちらで読み上げられるかによって、取る札が変わる。つまり決まり字が長いのだ。

このようなことを知るとき、競技かるたは、たいへん日本的な競技だと感じる。札を素早く取らなければならないけれど、お手つきしないように決まり字が読まれるまで待たないといけない。瞬発力に加え、忍耐力も必要なのである。私は四年ほど前に「英語版かるた」を作った。英語では決まり字は作れないので、代わりに「決まり語」を作ってみた。しかし最近、もっと工夫ができるのではないかと考えるようになり、再チャレンジをしているところである。より日本のかるたに近いゲームにできるように、英語版も決まり語を調整していきたい。

16 残していく人がいるのは「京都」か「因幡」か？

中納言行平　ちゅうなごんゆきひら

――在原行平。八一八～八九三年。阿保親王の子（皇族）だったが、後に臣籍降下して在原姓を賜る。業平の異母兄。

立ち別れいなばの山の峰に生《お》ふる　まつとし聞かばいま帰り来《こ》ん

Though I may leave
for Mount Inaba,
whose peak is covered with pines,
if I hear that you pine for me,
I will return to you.

［現代語訳］
あなたとお別れして、私は因幡《いなば》の国へと去って行くが、その因幡の国の稲羽《いなば》山の峰に生えている松の名のように、あなたが私を待っていると聞いたならば、私はすぐにあなたのもとへ帰りましょう。

今回の歌は、歌の良さを英訳でも再現できた。「いなばの山」は、因幡国（鳥取県）にある山で、「去《い》なば」が掛けられている。この歌の作者である行平は、斉衡《さいこう》二（八五五）年に因幡守になったという記録が残っており、因幡国への赴任に際して詠まれた歌という解釈が広く取られている。

一方、赴任先の因幡国から京へ戻るときの歌という説もあるようだ。私は現代語訳の通り、最初因幡国へ赴任するときの歌だと思っていた。だが考えてみれば、因幡国の松のことを詠んだ歌を贈る相手としては、京都に残していく人々よりも、因幡国に残していく人々のほうがふさわしいような気がする。前者の解釈なら「come straight home to you」、後者の解釈なら「go back to you」と英訳することになるが、本書では原文同様、両方の意味に解釈できる余地を残して「return to you」と訳してみた。

「まつ」も「松」と「待つ」の掛詞で、『百人一首』を撰《えら》んだ定家の父である藤原俊成の歌論書『古来風躰抄《こらいふうていしょう》』においては、掛詞が過剰であると評されている。しかし、そうはいっても、この歌はやはり掛詞の熟練した技術が示された歌であると思う。

英語では同音異義語が少ないため、掛詞を再現するのはなかなか難しい。だが実はこの歌には、数少ない英語の同音異義語が用いられているのである。それは「まつ」で、英語の「pine」は、日本語の「まつ」と同じく、「松」と「待つ」という二つの意味を持っている。こうした、日本語と英語両方で掛詞となりうる語は、「まつ」「pine」のほかに今のところ見つけられていない。

英文学においても古典作品に目を向けると、『聖書』をはじめ、シェイクスピアやルイス・キャロルが同音異義語を生かした表現を用いている。『不思議の国のアリス』にはネズミの言った「Mine is a long and a sad tale!」をアリスが聞いて、「tale」(物語)と「tail」(尻尾)を勘違いする場面がある。「tale」「tail」が同じ発音であることを生かしたのだ。だが、現代の英文学の詩ではあまり見られず、使うにしても子ども向けの歌や駄洒落に留まっている。例えば「Clones are people two」というジョークがあるが、これは「クローンは二人目の人である」という意味で、誰かの複製に過ぎず人間ではないことを示す。だが、「two」は「too」と同じ音であり、「Clones are people too」つまり「クローンも人である」とすれば、クローンにも人権があるのだと逆の意味にとることもできる。これはとても機知にとんだ言い回しである。

同音異義語大国の日本では、今でも謎かけやJポップなど、身近な所に掛詞が残っているのではないだろうか。例えばGReeeeN（現・GRe4N BOYZ）の「キセキ」は「奇跡」と「軌跡」が掛詞になっている。ポップスは音楽と言葉を一緒に味わうものだが、「和歌」と呼ばれる歌も元々は声に出して読むものであった。歌の文化の流れにおいて、両者はどこか繋《つな》がっているのだろう。

17　正しいのは「くくる」か「くぐる」か？

在原業平朝臣　ありわらのなりひらあそん

八二五～八八〇年。父は平城天皇の皇子である阿保親王、母は伊都内親王。六歌仙の一人。『伊勢物語』の主人公のモデルとされる。

ちはやぶる神代《かみよ》も聞かず龍田川《たつたがは》から紅《くれなゐ》に水《みづ》くくるとは

Such beauty unheard of
even in the age of the raging gods—
the Tatsuta River
tie-dyeing its waters
in autumnal colors.

［現代語訳］
（ちはやぶる）神代にも聞いたことがない。龍田川の水面に真っ赤な色に紅葉が散り敷き、その下を水がくぐって流れるとは。

この和歌は、屏風に描かれた絵を題材にして詠んだものである。このような和歌を「屏風歌」といい、『古今集』の時代にはよく詠まれた。業平が見た絵には龍田川に紅葉が流れている様子が描いてあった。

「ちはやぶる」は「神」に掛かる枕詞《まくらことば》。もともと「千《ち》早振《はやぶ》る」は、勢いのある様、荒々しい様を表す。人間とかけ離れた荒々しい力を持つものはつまり神であって、「ちはやぶる」は神やそれに関連する語にひろく掛かる。「ちはやぶる神代も聞かず」という表現は、「人間の世よりもずっとスケールの大きい神々の世ですら聞いたことがない」という意になり、後に続く紅葉の様子がいかに特別なものであるかを強く示す。龍田川は大和国（奈良県）を流れる川で、紅葉の名所として知られる。「から紅」は、鮮やかな紅色のこと。

この歌でもっとも問題になるのは結句「水くくるとは」の解釈である。出典『古今集』の和歌としては現在、「紅葉が水を絞《くく》り染めにする」意で「水くくる」と清音で読むと解釈されている。一方、中世の『古今集』の注釈書では、「水くぐるとは」と濁音で読み、「紅葉の下を水が潜《もぐ》ってくぐる」と解釈されている。そのため、定家が『百人一首』にこの歌を撰んだときには濁音で「潜《くぐ》る」と理解していたと考えられてきた。ただし、近年では定家も清音で「絞り染めにする」と理解していたのではないかという説も示されており、一筋縄ではいかない。解釈には多様な可能性があるのだ。そこで今回、現代語訳は「水くぐる」の理解に基づいて作成し、英訳は「水くくる」に基づいて訳してみた。「tie-dyeing」で「絞り染め」である。英訳にこちらの解釈を選んだのは、「紅葉の下を水が潜っている」と情景を直接的に描写するよりも、「紅葉が水を染めている」という抽象的な表現の方がより詩的だからだ。

この歌は非常に有名で、様々に享受された。『伊勢物語』一〇六段では、『古今集』とは異なり、男が親王と龍田川の散策をしている場面で詠んだ歌とされている。また、古典落語の演目にも「千早振《ちはやふ》る」がある。私の友人の落語家、立川談慶《だんけい》氏がよく演《や》る。この噺《はなし》は、和歌の本文を独創的に解釈して滑稽な物語を展開していく。その流れを追っていくと、まず、「龍田川」という相撲取りを、力士が嫌いな遊女「千早」が「振る」。別の遊女「神代」も受け入れてくれない（「神代も聞かず」）。その後、千早が龍田川に「から」（豆腐の殻、おから）を求めるも、振られた龍田川は与えなかった（「殻くれない」）。そして千早は井戸に身を投げて、「水くぐる」ことで死んだ。さて残る「とは」はというと、実は遊女千早の本名が「とわ」であった、という落ちである。

現代のマンガ『ちはやふる』も、この有名な和歌からタイトルが付けられている。古典を敬いつつ、大胆に書き換えていく日本文化の特質の一つである。やはり日本文化はリメイク文化と思う。

18　なぜ男性が「女の歌」を詠んだのか？

藤原敏行朝臣　ふじわらのとしゆきあそん

生年未詳〜九〇〇年頃？　神護寺鐘銘を書いたことで知られる能書家。業平とは妻同士が姉妹。

住《すみ》の江の岸に寄る浪夜《なみよる》さへや　夢の通《かよ》ひ路《ぢ》人目よくらむ

Unlike the waves that approach
the shores of Sumiyoshi Bay,
why do you avoid the eyes of others,
refusing to approach me—
even on the path of dreams?

〔現代語訳〕
住の江の岸に寄る浪ではないが、現実の世界ばかりでなく夜までも、夜の夢の世界の通い路でさえも、あなたは人目を避けようとなさるのか。

古代において、夢は肉体を残して魂だけが通っていくものと信じられていた。この発想から『万葉集』以来、恋人への想《おも》いが募り、夢の中で逢《あ》いに来てくれることを願う歌が多く詠まれた。古典における夢と恋を語るうえで小野小町は欠かせない。彼女が詠んだ『古今集』の「思ひつつ寝《ぬ》ればや人の見えつらむ夢と知りせば覚《さ》めざらましを（想いながら寝たのであの人の姿が夢に見えたのだろうか。夢だと知っていたら目覚めなかったのに）」をはじめとする歌には、古代の夢に対する信仰の名残と女性の恋心が叙情的に描かれている。魂が抜けだして恋人のもとに逢いに来るという発想は西洋にはないが、私にとってはとても共感できる。亡くなった人の魂がやってくるという信仰は世界各地にあるが、生きたままで会いに行くという話は聞かない。そんなことができたなら、私も遠く離れた愛《いと》しい人のもとを訪れてみたいものだ。

この歌に出てくる住の江は、摂津国（大阪府）の住吉《すみよし》の浦。二句・三句は「岸に寄る浪夜さへや」と同じ音を繰り返した序詞《じょことば》。英訳では「波が寄る」の訳である「approach」を下句の訳でももう一度用いることで「よる」の音の繰り返しを表してみた。「岸に寄る浪夜さへや」の序詞によって導かれる「夢の通ひ路」は、夢の中で（好きな相手のもとに）通う道のこと。英訳では「the path of dreams」、新鮮な表現だ。英語の詩としても、とても美しく響く歌である。

ところで平安時代の恋愛を考えてみると、男が女のもとに通うことが普通であった。つまり、相手が通ってこないことを詠むこの歌は女の歌ということになる。だが、作者藤原敏行は男性である。これは、この歌が本来「歌合《うたあわせ》」という催しの中で詠まれたことと関係する。歌合は、歌人を二つのグループに分け、歌の巧拙を競う遊びである。歌合の歌は日常の中での発見や思いを詠んだものではなく、歌合のためにフィクションとして作られた歌だ。そのため、男性が女性の立場で詠む場合や、女性が男性の立場で詠む場合、また宮廷で生活している人が、出家して山の中に庵を結んでいる人の立場で詠む場合や僧侶が恋の歌を詠む場合などがあった。そのいずれもがごく当たり前だったのだ。『百人一首』を撰んだ定家の時代には、歌合が非常に盛んに行われていた。定家はじめ当時の人々にとっては、この歌の主人公の性別が作者のそれと違っていることは違和感を抱くようなことではなかった。

現代の短歌や詩は、自分自身の気持ちを表現する手段として使われることが多い。だから昔の和歌に接するときも、まるで自分の感情を託した作品であるかのように鑑賞してしまうのだが、必ずしもそうではないのだ。とはいえ、今回の歌の痛切な訴えは、普遍的に我々の胸に響いてくる。

19 作者が「節の間」に見いだしたものは何か？

伊勢《いせ》――八七二？～九四〇年頃。藤原継蔭の娘。紀貫之と並び称されることもあった。平安時代を代表する女性歌人。三十六歌仙の一人。

難波潟《なにはがた》みじかき蘆《あし》の節《ふし》の間《ま》も逢《あ》はでこの世を過《す》ぐしてよとや

Are you saying, for even a moment
short as the space
between the nodes on a reed
from Naniwa Inlet,
we should never meet?

［現代語訳］
難波潟に生えている蘆の節と節の間のような、短い間さえも、あなたに逢わないでこの世を過ごせとおっしゃるのでしょうか。

作者とされる伊勢は『古今集』を代表する歌人の一人であり、宇多天皇やその皇子敦慶《あつよし》親王らと結ばれ、恋多き女性としても有名であった。この歌も、「過ぐしてよとや」と相手に鋭く問いかけ、恋の思いを切々と訴える。しかし、この歌は彼女の家集（作品集）である『伊勢集』に紛れこんだ他の人の歌で、伊勢の作品ではないとする説が有力だ。

「難波」は摂津国（大阪府）の歌枕。現在の大阪湾付近で、海浜の風景が詠まれることが多い。なかでも難波潟の蘆は盛んに詠まれた当地の名物だった。この歌の「難波潟みじかき蘆の節の」は序詞として「間」を導くと同時に、その「間」の短さの比喩になっている。また蘆の節は「よ」とも言う。「この世」の「よ」にはこの「節《よ》」が掛けられ、「蘆」の縁語となっている。干潟の穏やかな情景のなかに、激しい恋心を詠み込んだ秀逸な歌である。

英訳では「節の間」という言葉を訳すのに苦労した。日本語では節と節の間の「短さ」がそのまま逢瀬の「短さ」、つまり空間的な狭さがそのまま時間の短さの比喩となっている。だが英語では空間の短さは「space」を、時間の短さは「time」をそれぞれ「short」の後に補う必要が出てきてしまう。やむなく時間の短さは「for even a moment」と訳した。

『百人一首』には詞書がないので、どのような状況で詠まれた歌なのか知ることができない。ただ、この歌は、定家が撰者《せんじゃ》の一人を務めた『新古今集』に選び入れられており、そこからこの歌についての認識を窺《うかが》うことはできるかもしれない。『新古今集』の恋歌は恋歌一から恋歌五までの五巻に分かれており、恋の進行度合いによって並べられている。恋歌一なら片思いの段階、恋歌四なら隙間風が吹き始め、恋歌五なら恋が終わってしまった段階、という具合である。そしてこの歌は恋歌一に採られている。つまり定家たち『新古今集』の撰者は、この歌の主人公はまだ想い人と対面できていないと解釈したのだろう。以前の英訳では「we should never meet again?（もう二度と会えないのでしょうか）」と問いかける歌にしていたが、『新古今集』での位置を踏まえ、今回の新訳では「again」を削除した。

私としては、節の間を詠み込むのはたいへん東洋的だと感じる。蘆のように細長いものを見る場合、外国では多くの人がその全体を見るだろう。しかしこの歌では、植物の一部分、それもかなり小さな部分に注目する。節のある植物といえば竹だが、私が育ったアイルランドに竹はない。竹を見慣れていたから、蘆の節に視点が置かれたのではないか、などと考えてしまう。小さなものに焦点を絞る、いわばズームイン文化とも呼ぶべき感性は、例えば同じ『百人一首』の「村雨《むらさめ》の露もまだひぬ真木《まき》の葉に霧立ちのぼる秋の夕暮れ」（第八七番）にも表れている。

節の間という細やかで小さいものに、少しだけでも逢いたいという恋心を託す。これは繊細で尊い美意識なのである。

20 「今はた同じ」は何と何が同じなのか？

元良親王《もとよししんのう》 ―― 八九〇～九四三年。陽成院の第一皇子。ただし退位後に誕生したため、皇位継承とは無縁だった。

わびぬれば今はた同じ難波《なには》なる　身をつくしても逢《あ》はむとぞ思ふ

I'm so desperate, it's all the same.
Like the channel markers of Naniwa
whose name means 'self-sacrifice,'
let me give up my life
to see you once again.

[現代語訳]
こんなにも嘆き悲しんでいるのだから、今はもうこの身を捨てたのと同じことだ。難波にある澪標《みおつくし》の名のように、たとえこの身が滅んでもあなたに逢おうと思う。

元良親王が不倫の恋に身を焦がして詠んだ歌。親王はたいへんな色好みで、あちこちの女性に手紙を出し関係を持っていたことが、『大和物語』をはじめいくつかの物語に残っている。そんな親王の恋愛遍歴のなかでも、この歌にまつわる恋がもっとも危険なものである。『百人一首』

の出典と考えられる『後撰集』の詞書によれば、親王は「京極御息所《きょうごくのみやすどころ》」とひっそり関係を持っていたが、「事出《い》で来て」、つまり世間にそのことが露見してしまった。京極御息所とは宇多天皇の妃《きさき》、それも天皇から望まれて入内《じゅだい》したお気に入りの女性だった。そのような人に手を出すことなど許されるはずもなく、露見してしまった以上は逢うことは極めて困難である。この歌はそんな状況で彼女に贈った歌なのだ。

「澪標《みおつくし》」は水脈を示す航路の目印のことであり、「身をつくし」と掛詞になる。「今はた同じ」の「はた」は現代語の「また」と同じ意で、「今となっては同じ事だ」という意味になる。何と何とが同じであるのかには諸説ある。(一)自身の悲嘆と「身をつくし」とが同じであると解して「嘆き苦しむのは身を滅ぼすのと同じことだ」とする説、(二)「名」が同じく変わらないと解して、「逢っても逢わなくてもすでに噂になったこの名は同じことだ」とする説(このとき、「難波なる」は「名にはなる」との掛詞と解釈される)、(三)「苦しみ」が同じと解して「噂になって逢う苦しみと逢えない苦しみは同じことだ」とする説。今回は一つ目の説をとった。英訳の「it's all the same」とは、何もかも同じ、つまり生きていても死んでいても同じという意味であり、親王のどうしようもない嘆きの気持ちを表した。その気持ちとは裏腹に、ナ行の音が何度も繰り返される調べは、穏やかで美しいと感じる。

また、この歌のポイントは「身をつくし」の掛詞にある。しかし、この掛詞を英語で表すことは難しかった。英語の「the channel markers」は水に浮くブイのこと。波に揺れてゆらゆらと漂うものであり、作者が恋に溺れている様子がどことなく浮かんでくる。しかし、「the channel markers」

そのものに、「身をつくし」、つまり身を滅ぼすという意味はない。そのため英訳では「whose name means'self-sacrifice,'（自分自身を犠牲にするという名を持つ）」という内容を付け加えたが、いくらか説明的に訳すことになってしまった。

実は、最初訳したときは、少しセンチメンタルなのではないかと感じた。相手を大切に想うのではなく、自分の苦しい想いばかりを述べている気がしたのだ。だがこの歌が詠まれたときの元良親王の状況や色好みの逸話、陽成院の皇子でありながら皇位にはつけなかった不運さを思うと、『源氏物語』の光源氏に通じる一面を感じる。親王もまた、日本の古典の世界で好まれる男君《おとこぎみ》の一人だったのかもしれない。

21　女が男を待っていたのは「一夜」か「数カ月」か？

素性法師《そせいほうし》――生没年未詳。九〇〇年代初頭に活躍した歌人、僧侶。僧正遍昭の子。桓武天皇の曾孫。

今来《こ》むと言ひしばかりに長月の　有明の月を待ち出《い》でつるかな

As you said, 'I'm coming right away,'
I waited for you all those nights.
But in the end it was only the moon
that greeted me
at the cold light of dawn.

［現代語訳］
「いま行くよ」とあなたは言っていたのに、いつしか夜が長い九月、それも有明の月が出てくる時間まで待ち続けてしまいましたよ。

月の運行に基づく旧暦では、日付によってどんな月が空に出るかを知ることができる。例えば三日月は文字通り三日に出る月、十五夜は一五日に出る月をいう。この歌で詠まれている有明の月は日付でいうと二〇日以降、結句にあるように長く待たないと出てこない月のこと。例えば満月なら日没とともに東の空に昇るが、有明の月が出るのはそれよりもずっと遅い時間、深夜になってのことである。

第一八番でもふれたように、平安時代には、「今来む」という約束を当てにして訪れを待つのは女と決まっている。つまり、この歌は実体験ではなく、恋人を待つ女性の心情を巧みに表現したものである。それゆえ有明の月は、眼前の景を詠み込んだというより、長い間待つ苦しみを詠むための創作と考えるのが穏当であろう。

ところで、女が男を待っていたのは、どのくらいの間か。一夜待ったという説と、何カ月も待ったという説とがある。詳しい説明は省くが、出典の『古今集』の歌としては、待ったのは一夜と理解される。ただし『百人一首』の歌としては、撰者とされる定家の解釈に従って数カ月待ったと読み、現代語訳でもそう解した。かるたの英訳は、一夜待ったという説に従って作成していたが、今回新たに、何カ月も待ったという説に基づいて作成したものを新訳として掲載する。

さて、外国人は日本国旗「日の丸」を見て、日本は太陽の国と思いがちである。極東の日本は、アジアで初めに太陽が出てくる国でもある。ただ、日本文学の翻訳をしてきた私にとって、日本はむしろ月の国であるように感じる。というのは、月の歌が豊富に詠まれていることに加え、三日月、望月、有明の月というように、月の見え方を細かく描き分けているからだ。

欧米でも、満月や三日月を盛んに詩に詠む。一九世紀のアメリカの詩人であるエミリー・ディキンソンは、「月は実に金色のあごであったのだ」と始まる作品で月の美しさを愛《め》でている。ただ、欧米の詩には、日本とは大きく異なる点がある。月を意味するラテン語「luna」から派生して、「lunatic（ルナティック。常軌を逸したさま）」という語が生まれたように、月のせいで、おかしな気になると詠まれることが多いのだ。狼《おおかみ》が出るのも月の夜、人間が狼になるのも月の夜とされている。ディキンソンのように月を賛美することがある一方、しばしば月を畏《おそ》れてきたのである。

ちなみに、日本においても「月の顔見るは忌むこと」（『竹取物語』）というように、月を見ることを不吉とする言説が、いくらか見られないわけではない。けれどもそれは少数派。どんな月にせよ、それに美を見いだそうとする日本人が多数派であったことは、今日に伝わる文学作品から窺われるところである。月があったからこそ、日本の美学が形成されたといえるかもしれない。

22 「嵐」には「雨」が含まれていないのか？

文屋康秀《ふんやのやすひで》

——生没年未詳。八〇〇年代後半の官人、歌人。六歌仙の一人。小野小町と親密だったとされる。

吹くからに秋の草木のしをるれば むべ山風を嵐と言ふらん

In autumn the wind has only to blow
for leaves and grasses to wilt.
That must be why the characters
'mountain' and 'wind'
together mean 'gale.'

［現代語訳］
風が吹くとすぐに秋の草木がしおれるので、なるほど「山から吹いてくる風」のことを荒い風「嵐」というのであろうよ。

今回の歌は、言葉遊びの歌である。「嵐」という漢字が「山」と「風」から成り立っていることから、「嵐」という一つの漢字の中にある「山」と「風」を切り離して詠み込む文字遊びが盛り込まれている。これは中国の「離《り》合《ごう》詩」という詩の技法に学んだものらしい。さらに「秋」＋

学大系『古今和歌集』)。こうなると超絶技巧にただただ感服するしかない。

「草」＝「萩《はぎ》」、「秋」＋「木」＝「楸《ひさぎ》」が隠されているかもしれないという説もある(岩波新日本古典文学大系『古今和歌集』)。こうなると超絶技巧にただただ感服するしかない。

実は、この歌の作者を康秀の子、朝康《あさやす》とする説がある。ただ、定家が書写に関係した『古今集』の写本では、作者は康秀となっており、康秀の歌として定家が認識していたことは疑いない。『百人一首』には、この歌とは別に、朝康の歌も入っている(第三七番「白露に」)。『百人一首』が成立してから数世紀の後《のち》、近世中期に川柳という様式が生まれると、この親子について「二人とも文屋は秋の風を詠み(文屋は二人とも秋の風を詠んでいる)」という句が詠まれた(『柳多留』五六篇)。この歌は父・康秀の歌がるたの代表的な存在として『百人一首』が世に広まったこともあり、この歌は父・康秀の歌として世間に浸透したようだ。

さて、このような、いわばピクトグラム(絵文字)のような言葉遊びの和歌は、漢字がないとできない。日本では古来、屏風の絵に合わせて歌を詠んだ屏風歌や、絵に漢詩などの文字をプラスした画賛《がさん》のように、絵に文学作品を合わせることが広く行われた。第六番で取り上げた『扇の草紙』もその一つだ。日本人の頭のなかにある絵と詩歌の間の境界線は、緩やかであるように感じる。というのも、西洋では絵と詩とがはっきり区別されているからだ。実際の風景を詠んだ歌というのは多くある。しかし、絵画に基づいて詩歌を作った例は、古くホメロスなどが行ってはいるものの、日本の詩歌ほどは挙げられない。

今回の英訳はこの歌の言葉遊びを何とか英訳に落とし込もうという挑戦だった。ふたつの単語を組み合わせて別の意味の単語とするような英訳は難しそうだ。ところで、この歌が詠まれた当時、日本語で「嵐」というと、山風や強風を指していたらしい。時代がかなり下った現代では、「嵐」というと強風に加えて雨も降っている様子を指すが、漢字に雨のパーツは見えない。現代を生きる外国人の私には、「嵐」の漢字から雨が抜け落ちていることを少し不思議に感じた。この違和感を英訳で表すことはできないだろうか。しばらく悩んでいると、英語には「gale（ものすごい強風）」という単語があることを思い出した。これは通常、海の風を表すときにしばしば使われる言葉なのだが、山風を表すためにあえて使用してみた。「嵐」なのに風にしか言及しない歌に対して私が感じたちょっとした現代日本語とのずれを、英語話者にとって山風を「gale」と表現する違和感へと変換してみたのだが、いかがだろうか。

23

秋はいつから「悲しみの季節」になったのか？

大江千里《おおえのちさと》

生没年未詳。寛平・延喜（八八九〜九二三年）頃に活躍した貴族。漢学者であり、『白氏文集』を中心とする中国の漢詩句を和歌に作りかえている。

月見れば千々《ちぢ》に物こそ悲しけれ　わが身ひとつの秋にはあらねど

（新訳）
As I gaze upon the moon,
thoughts of a thousand things
fill me with melancholy,
but autumn's dejection
comes not to me alone.

（旧訳）
Thoughts of a thousand things
fill me with melancholy
as I gaze upon the moon,
but autumn's dejection
comes not to me alone.

［現代語訳］
月を見ると、様々にもの悲しい。私ひとりのための秋ではないけれども。

『万葉集』の時代、日本文学では秋が悲しみの季節と捉えられることはなかった。秋という季節と、もの悲しさとが結びつくようになったのは、今回の歌の出典でもある『古今集』の少し前からである。背景には、中国文学における秋の悲哀を主題とした漢詩文の影響があった。

今回の歌は、白居易《はくきょい》の「燕子楼《えんしろう》」という漢詩の一節を踏まえて詠まれた歌である。その一節は「燕子楼の中《うち》の霜月《そうげつ》の夜《よ》、秋来《き》たりては只《た》だ一人《いちにん》の為《ため》に長し」というもの。燕子楼の内で霜のように冷え冷えとした月を見ながら過ごす夜は、秋が来てからはただ一人のために長く思われるという意である。作者の大江千里は官僚養成機関である大学寮出身の儒者で、漢詩文に精通した人だった。このような秋のしみじみとした情緒がずっと詠み継がれることによって、秋はもの悲しいという感覚が現代の日本人の心に刻まれているのだろう。この歌を通して、歌は日本文化の礎であるということを改めて実感し、感動した。

さて、四句目の「わが身ひとつの」は、「ひとりの」ではなく「ひとつの」と詠むことによって、「千々に」との対照がより際立っている。この「千々に」と「ひとつの」の対句表現からは、漢詩文に通暁《つうぎょう》する彼らしい理知的な印象を受ける。

西洋の詩においては、シェイクスピアのソネットをはじめ、しばしば論理性が重視される。そういう意味で大江千里の歌は西洋の詩に近く、私にとっても分かりやすい歌であると感じた。また、私自身も、歌を詠む時などは、対比的な表現を好むので、どこか馴染《なじ》み深い感じがする歌でもある。一方でこの歌からは、秋のもの悲しさもひしひしと伝わってきて、深い情趣も感じられる。理知と情緒とのバランスが実に絶妙だ。

今回の英訳は、二つのバージョンがある。ポイントは初句「月見れば」だ。一つは、この歌の唯一の視覚的なイメージである「月」を英訳の三行目に置いた旧訳だ。この歌が踏まえた漢詩の一節では「月」がその一節の真ん中あたりにあったことに倣《なら》い、「月」を英訳の三行目に置いた。心情的な描写から入り、三行目に至って初めて詠み手が眺めていた情景が一気に読者の頭の中に広がる形で、深みが感じられる英訳になっていると思う。もう一つは、「月見れば」が初句であることに倣い、英訳の一行目にその訳を配した新訳だ。歌と同じように、最初に「月を見ると」と場面が提示されるので、読者は場面設定を行った上で四行にわたる心情的な描写をじっくりと味わうことができると思う。この歌は、下の句で「私だけの秋ではない」という。これは、その場にいない誰かも秋をもの悲しく感じていることだろうとも、人間とは秋を悲しく感じるものなのだとも読むことができる。この歌はそうした余韻を感じられる歌で、新訳ではこの情調をできるだけ留めようとした。この二つの訳、読者の方々はどちらが良いと思われるだろうか。私も時間をかけて考えていきたい。

24　なぜ日本にはあちこちに「神」がいるのか？

菅家《かんけ》——菅原道真。八四五〜九〇三年。宇多・醍醐天皇の信任が厚く、右大臣として重用された。六国史の一つ『日本三代実録』の編者でもある。

このたびは幣《ぬさ》もとりあへず手向山《たむけやま》　紅葉《もみぢ》の錦神のまにまに

On this journey
I have no streamers to offer up.
Instead, dear gods, if it pleases you,
may you take this maple brocade
of Mount Tamuke's colors.

〔現代語訳〕
この度の旅は、幣もきちんと用意することができず、その代わりに錦のように美しい手向山の紅葉を手向け、神の御心のままに受け取っていただこう。

この歌は、朱雀院（宇多上皇）が奈良にお出ましになったときに、随伴していた菅原道真《みちざね》が手向山で詠んだ歌とされる。「手向山」の「手向」とは、神に幣物《へいもつ》を捧げることをいい、特に旅の安全を祈るときに行われる。日本で遠方に旅する場合、山越えは必須である。山を越えるということは別の国へ行くことであり、大変心細いものであったはずだ。手向は、旅が無事に終えられるよう、神に祈りを捧げる行為だった。そこから、「手向山」は道祖神に幣などを差し上げる山を指し、この歌では特に山城国（京都府）から大和国（奈良県）へ向かう途中にある奈良山の峠を指しているとされる。なお、今私たちが使う「峠」という言葉は、手向が訛《なま》ったものだという。山を越えるたびに手向をしていたため、「タムケ→トウゲ」というようになった。日本人の旅に対する感覚が垣間見えるとともに、旅と山、そして神との結びつきが感じられる。

初句「このたび」は、「この度」と「この旅」との掛詞になっている。幣は神に祈る際に捧げるもので、麻や木綿、絹、紙などで作られた。旅先で道祖神に安全を祈願する場合には、それらを細かく切ったものを持参し、まき散らしたという。この歌では、幣を用意していなかったため、代わりに鮮やかな紅葉を捧げる。幣の代わりに舞い散る紅葉を想像しただけでも実に美しい光景だ。

道真といえば、学問の神様である。受験のときに北野天満宮に参詣された方も多いだろう。道真は代々続く学者の家に生まれ、文学にも優れていた。学問の神様といわれる彼は、実際に学者だったのである。道真はこの歌の詞書にも登場する宇多天皇に重用され出世したが、醍醐天皇のときに失脚し、九州の太宰府へ左遷されてしまう。太宰府で没したのち、都では彼の左遷に関係した人物が次々と亡くなり始めた。道真の祟《たた》りを恐れた人々は、彼を北野神社に祀《まつ》った。これが現在の北野天満宮である。ほどなくして道真は神としての側面が強調されるようになり、今に至る。このように、実在した人物が神として祀られるというのも私にとっては興味深い。

私がこの歌に触れて、真っ先に思い浮かべたのは八百万《やおよろず》の神のことである。山や川、岩といった自然物に至るまで、あらゆるものを神として崇《あが》め、信仰する姿勢は、少なくとも現代の欧米では一般的ではない。なぜなら、キリスト教に裏打ちされた文化圏において、神は自然を含めてすべてを司《つかさど》るものだからだ。そのため、自然の一部を取り出して神に捧げるというような発想は出てこない。だが欧米とは違い、日本でこの歌を詠んだ一行は、あちこちに神のいる土地を旅しているのだ。だから英訳は「dear gods」というように、本来は単数でしか用いない「god」を複数形にした。しかし、さらに古代の欧米に目を向けると、私の母国アイルランドにも日本と同じような発想はあった。すべての自然物に神が宿るというアニミズム的発想は、私にとっては共感しやすいものだ。

25

女性に贈る歌になぜ「さねかづら」が添えられるのか？

三条右大臣《さんじょうのうだいじん》――藤原定方。八七三〜九三二年。内大臣・藤原高藤の次男。紀貫之らのパトロンでもあった。

名にし負《お》はば逢坂山《あふさかやま》のさねかづら 人に知られでくるよしもがな

If the 'sleep-together vine,'
that grows on Meeting Hill
is true to its name,
I will entwine you in my arms,
unknown to anyone.

［現代語訳］
逢坂山のさねかずらが、そのように「逢って寝る」という名を持っているならば、つる草のさねかずらが手繰《たぐ》れば来るように、人に知られないであなたのもとに行く方法があればなあ。

この歌は、さねかずらに添えて女性に贈った歌であろう。「さねかづら」をキーワードとして、女性のもとに行きたいという気持ちを率直に歌っている。この歌を紐解《ひもと》くには、掛詞を確認しなければならない。まず、さねかずらはマツブサ科の常緑つる性低木で、植物の名であるとともに、

「さ寝（共寝《ともね》）」との掛詞でもある。次に、逢坂山は山城国（京都府）と近江国（滋賀県）との間の逢坂の関がある山で、ここでは「逢ふ」との掛詞となっている。さらに「くる」は、「繰《く》る」と「来る（「行く」の意）」との掛詞。このように、多くの掛詞を用いた、技巧を凝らした歌でありながら、「共寝したい」という気持ちを下句にストレートに表している。とてもチャーミングな歌だ。

英訳にあたっては「sleep-together vine（さねかずら。「vine」は蔓《かずら》のこと）」、「Meeting Hill（逢坂山）」というように、名詞の訳を工夫した。ローマ字で「Ousakayama」や「sanekazura」と表現したのでは、掛詞になっている「逢ふ」「さ寝」という意味が伝わらない。これらの掛詞は、同音の名詞を用いることによって生じたメタファー（隠喩）である。そこで、英訳では「entwine（絡み合う）」を用いて、隠喩の展開を表現してみた。この言葉には「（植物が）絡みつく」と「（人が体を）絡ませる」の二つの意味があり、「さねかづら」の掛詞にぴったりだ。さらに、文学的で美しく、生々しさを感じさせない言葉で、「vine」と韻が踏めることも、英訳に詩的な響きを持たせている。

同じ「名にし負はば」で始まる歌でとりわけ有名なのは『伊勢物語』九段の「名にし負はばいざこと問はん都鳥《みやこどり》わが思ふ人はありやなしやと」である。旅の途中にあった主人公が、都鳥という鳥を見かけ、「都」という語を名前に含む鳥に「都に住む私の愛する人はすこやかに過ごしているだろうか」と尋ねている。「都鳥」という鳥の名前から「都」を連想したのだ。

「名にし負はば」の歌の他にも、日本にはものの名前の由来に注目する例がある。「地名起源説話」や「地名起源譚《たん》」と呼ばれる話もその一つだ。例えば、「富士山」という地名について、山頂で「不死《ふじ》の薬」を焼いたことから「不死の山」―「ふじさん」になった、もしくは「士《つわもの》」に「富《と》」む（武士がたくさん登った）ところから「富士山」になった、という由来が語られることがある。このような地名起源説話は、古くは『古事記』の時点で認められる。日本人の地名の由来に対する関心は、古来、人々の心に抱かれてきたのだ。

日本人は伝統的に、「名」と、それから想起される「ことがら」とを関連付けることを好んできた。いわば掛詞的な遊びであり、日本ならではのものである。機知に富んだ営みであり、このような言葉遊びができる日本語をうらやましく思う。

26　定家が「小倉山」の歌を選んだのはなぜか？

貞信公《ていしんこう》

藤原忠平。八八〇～九四九年。菅原道真を左遷させた左大臣時平の異母弟。忠平は左遷に反対したとの説がある。時平の死後、氏長者となって藤原氏全盛の基礎を築いた。

小倉《をぐら》山峰《みね》の紅葉葉《もみぢば》心あらば　今一《ひと》たびのみゆき待たなん

Dear Maples of Mount Ogura,
if you have a heart,
please wait for another visit
so that His Majesty may enjoy
your lovely autumn colors.

［現代語訳］
小倉山の峰のもみじ葉よ、もし心があるならば、今回の上皇の御幸《みゆき》の次は、さらに主上の行幸《みゆき》もあるはずだから、それまで散るのを待っていてほしいものだ。

小倉山は、嵐山を流れる大堰川《おおいがわ》（桂川の上流部）のそばの山。紅葉の名所である。藤原定家の小倉山荘は、この近くにあった。「今ひとたびのみゆき」は、まず宇多上皇の御幸があったことを前提に、ついで行われるはずの醍醐天皇の行幸を指す。『拾遺集』の詞書によれば、宇多上皇の「醍醐天皇の行幸があってもよさそうな場所だ」という発言を受けて、貞信公が詠んだ歌だ。主の言葉を臣下が歌にするという風雅なやり取りが垣間見える。「待たなん」は、紅葉に対して「待っていてほしい」と呼びかけたもので、上句「心あらば」と呼応する。この呼びかけを生かして、訳では「Dear Maples」と紅葉を擬人化して表現した。また、英語には「御幸・行幸」にあたる語はない。そのため、まず「another visit」で次回の訪問、次に「His Majesty may enjoy」を補って天皇が訪れることを表した。

この歌は『大和物語』などにも入る。定家が『百人一首』に選んだ理由として、この歌が有名だったから、というのはもちろんあるだろう。さらに、自分の小倉山荘の傍らの小倉山をたたえる歌がほしかったから、と推測する説もある。というのも、小倉山はその名前が「小暗し」に通じることから、何となく暗い場所というイメージを持たれていたからだ。小倉山の麓に居を構える私としても、美しい姿を前面に押し出したこの歌が、『百人一首』に入ることでさらに有名になったのは嬉しい限りである。

さて、その定家の庵がどこにあったかについてはいくつかの候補地がある。その中から今回は常寂光寺《じょうじゃっこうじ》を紹介しよう。ここはなんといっても紅葉が有名である。小倉山の斜面に造られた境内は様々な角度から紅葉を楽しめる。麓から見上げる景色も、少し山を登って見渡す景色もそれぞれに味わい深い。近所に住んでいると、移ろいゆく様を感じられ、贅沢な気分である。散った葉が苔と竹の間に落ちているのも、錦織のようで美しい。

芭蕉も、最晩年の元禄七（一六九四）年に嵯峨に滞在した際、ここを訪れて「松杉《まつすぎ》をほめてや風のかをる音（松と杉をほめているのだろうか。初夏の風がさわやかに吹く音がすることよ）」という句を詠んだ。当時の地誌によると、常寂光寺には地元の人に「軒端《のきば》の松」と呼ばれる定家ゆかりの松があった。この句が詠まれた季節は夏。冷たい時雨で紅葉は色が変わってしまうが、松杉は美しい緑のまま。それを爽やかな風がほめているようだと、移り変わる世の中とは別世界の寺院の清々《すがすが》しい境地を詠んだ。芭蕉は小倉山という和歌の伝統の地への敬意を持っていたのだろう。小倉山の峰の紅葉の美しさも、心に描いていたかもしれない。

この辺りは落柿舎《らくししゃ》や西行の草庵跡である西行井戸など、他にも文学に関する史跡がある。秋になったら、定家に思いを馳せるとともに、芭蕉が見た竹から漏れ出る月の光や、西行が歌に詠んだ景色を求めて、小倉山周辺で優雅な旅をしてはいかがだろうか。

27

思い人に「逢っていない」のか「逢えていない」のか？

中納言兼輔《ちゅうなごんかねすけ》――藤原兼輔。八七七～九三三年。藤原利基の子。紫式部の曾祖父で三十六歌仙の一人。

みかの原わきて流るるいづみ川　いつ見きとてか恋しかるらん

When did you first spring into view?
Like the Field of Jars
divided by the River of Springs,
I am split in two—so deeply flows
the river of my love for you.

［現代語訳］
みかの原を分けて湧いて流れている泉川の「いつみ」という音のように、「いつ見」たと言って、あなたが恋しく思われるのだろうか。

「みかの原」は現在の京都府木津川市。「泉川」は現在の木津川のこと。上の句全体が下の句の序詞となっていて、上の句で「泉」川という地名を使用し、下の句で「いつ見」という同じ音の言葉を反復した。『百人一首』の古注釈では、この和歌の解釈は（一）まだ一度も逢っていない相手に思いを募らせている恋、（二）すでに逢ったが、その後久しく逢えていない恋の二通りに解釈される。藤原定家が編纂に関わった『新古今集』や『定家八代抄』では初期段階の恋の歌として採用されているため、今回はそれに従って（一）の解釈、つまり作者は思い人にまだ一度も逢えていないと解釈したい。

「わきて」は「分きて」と「湧きて」の掛詞で、湧き出た「泉川」が「みかの原」を分けるように流れているさまをいう。「みかの原」と「泉川」はそれぞれ地名だが、「湧き」は「みか（甕）」と「泉」の縁語にもなっている。地名から連想される言葉をうまく用いて上の句が構成されている。その表現の巧みさと、ミの音が繰り返されるなだらかな調べを気に入っている。

英訳では「spring」という単語が鍵となった。一行目の「spring」は単独で「湧き出る」「飛び出す」などの意味を持つ言葉。ここでは「spring into view」で「視界に飛び込んできた」という意味で使っているが、歌で掛詞となっていた「わきて」を連想する語彙《ごい》であるため、あえて「spring」を使った表現をとってみた。三行目の「the River of Springs」の「Springs」は「泉」の意で、「泉川」の訳である。もとの和歌で「湧き」と「泉」は縁語であり、同じ単語を使うことで縁語らしさを訳出した。また「みかの原」は「the Field of Jars」と訳した。「みか」とは甕のことで、英語では「pot」または「jar」と訳す。ただ、ポットは遺跡から出てくることもあるので、「the Field of Pots」では意外性がない。「the Field of Jars」とすることで違和感を生み、不思議な感じをもたらしてくれる。「泉川」と「みかの原」は地名だからそのまま訳してもよかったのだが、訳を工夫することでいっそう詩的になったと思う。

この和歌は、もともと『古今和歌六帖』の詠み人知らずの和歌で、藤原兼輔の作ではないとされている。兼輔が実際に作った和歌で、もっとも有名なものの一つは「人の親の心は闇にあらねども子を思ふ道にまどひぬるかな」（『後撰集』雑一）であろう。『後撰集』の詞書によると、その日は宮中で相撲の行事が催された。そのあとの宴席も終わって、参加者はぞろぞろと帰っていく。そんななか、身分の高い数人が残ってさらにお酒を飲んでいた。そこで酔っ払って子どものことを話したときの和歌であるという。親の心はもともと闇というわけでもないのに、子どものことになると何もわからなくなって、子を思う道に迷ってしまうという。子を思う親の思いの強さを詠んだ歌である。

28 「山里の冬」がいっそう寂しいのはなぜか？

源宗于朝臣《みなもとのむねゆきあそん》――生年未詳。九三九年没。光孝天皇の孫で、是忠親王の子。臣籍降下して源姓を賜る。三十六歌仙の一人。

山里は冬ぞ寂しさまさりける　人目も草もかれぬと思へば

In the mountain village
it is winter
that feels loneliest—
both grasses and visitors
dry up.

［現代語訳］
山里は冬にいっそう寂しさが勝ってくることだ。人の訪れもなくなり、草も枯れてしまうと思うと。

全体に平明な表現の和歌で、現代語訳がなくとも意味のわかる人が多いのではないかと思われる。技法としては、上の句と下の句が倒置になっていることと、下の句の「かれ」が掛詞になっていることが挙げられる。草が「枯れ」るのは現代語通りの意味で、人目が「離《か》れ」るとは、人の来訪が遠ざかること、絶えることをいう。藤原興風《おきかぜ》「秋来れば虫とともにぞなかれぬる人も草葉もかれぬと思へば（秋が来ると、虫が鳴くのといっしょに私まで泣かずにはいられない。人も来なくなり、草葉も枯れてしまうと思うと）」（『是貞親王家歌合』）とは下の句が非常によく似ている。これほど似ていて偶然の一致とは考えにくいが、二首の関係性はよくわかっていない。『古今集』のころから、山里はわびしいものと見られており、そのわびしさは季節が進んで寒くなればいっそう身にしみてくる。都など、冬でも人の往来のあるところと、訪れる人の少ない山里。この歌は「山里は」と取り立てることで、山里ではない「どこか」を仄《ほの》めかす。その「どこか」の冬を知っているほどに、山里の冬は厳しく感じられるものなのだ。

藤原定家もこれを本歌として和歌を詠んだ。ある歌をもとにして別の歌を詠むことを「本歌取り」という。もとの和歌を連想させる言葉を用いることで、独立した一個の作品でありながら、背後にもとになった和歌の情緒を彷彿《ほうふつ》とさせ、重層的な味わいを醸し出す。「夢路まで人めはかれぬ草の原起き明かす霜にむすぼほれつつ」（『拾遺愚草』下・冬「山家夜霜」）。定家が込めた思いを現代語訳すると、こんな具合だろうか。「（現実だけではなく、）夢の中でも人の訪れがなくなってしまった。草原で草を枕にしながら起き明かして流す涙が霜となり、心も乱れて夢も見られずにいるので」。私は恋歌としても仕立て上げられたこの美しい歌が気に入っている。

英訳では掛詞の訳出を工夫した。「dry up」とは、乾ききること、干上がってなくなってしまうこと。草（grasses）と来訪者（visitors）が両方（both）とも「dry up」した、と訳せば、もとの和歌の掛詞が生きる。新訳では、山里の訳を「my mountain abode（私の山の住家）」から「the mountain village」（山の村落）に変え、より「里」のイメージが湧くようにした。

今回は「山里は」の和歌に加えて、同じような情趣の歌二首を紹介した。ところが、外国で和歌の評価が低いのは、同じような内容の和歌が多いことに由来する。自分の感情を詠まずに、使い古された情趣を繰り返していると批判するのだ。個性を大切にする文化の国ではそう思われてしまうのかもしれない。でも同じ型の中にもそれぞれバリエーションがあり、十分に彼らの感性が伝わってくる。そんな和歌の魅力を海外に向けてもっと発信していきたい。

29 「白菊」を際立たせる「見立て」の技法とは？

凡河内躬恒《おおしこうちのみつね》

生没年未詳。九〇〇年前後に活躍。官位は低かったものの宮廷歌人として名高く、『古今集』撰者の一人となる。三十六歌仙の一人。

心あてに折らばや折らん初霜の 置きまどはせる白菊の花

As I cannot tell them apart
from the first frost
I shall have to look closely
to pluck the stems—
white chrysanthemums.

［現代語訳］
注意深く、折れるなら折ろうかしら。初霜が降りて、霜か菊か、見分けがたくなっている白菊の花を。

「心あてに」は、「当てずっぽうに」と訳されることが多いが、「注意深く」「慎重に」と解釈する研究者もおり、今回はそのように訳した。

この歌には、見立てという技法が用いられている。見立てとは、あるものを別のものにわざと見紛えてみせることで、あるものの一面を際立たせる表現方法である。ここでは、白菊を真っ白な霜に見立てることによって、花の白さが強調されている。この見立ての表現は、中国の白居易の詩など、漢詩文の影響を受けているという説がある。実は「菊《きく》」とは訓読みではなく音読みである。つまり、訓（日本の名前）を持たないこの植物は外からやってきた存在なのだ。すでに中国から入ってきていた黄色い菊に、遅れて到来した貴重な白菊。この歌は、菊の故郷でもある中国の漢詩文の見立て表現を利用して、その純白の美しさを讃《たた》えているのである。早朝に降りたばかりの真新しい霜と、それに匹敵するほどに純白の菊とを見分けられないというフィクションは何と美しいものだろうか。この歌は見立てという詩的な表現が用いられたよい例である。

実をいうと、英語には見立てという概念はない。ただ、西洋の詩にも、「共感覚」を詠み込むことがある。共感覚とは、ある一つの刺激に対して、通常では結びつかない感覚が結びつくことだ。例えば、フランスの詩人ランボーの「母音」は、母音と色を結びつけた。彼の詩は、私たちが普段母音と聞いて連想するものの枠から外れることで、斬新さをもって新たな世界の見方を提供してくれたのである。見立ての技法は、共感覚とは似て非なるものかもしれないが、あるものと別のものとを詠み合わせ、新たな世界を示してくれる点で、少し重なって私には感じられる。

今回は新訳を考えてみた。『古今集』の詞書に白菊の花を詠んだとあることを踏まえ、これまでの訳よりも白菊の花が一層印象に残るような訳とした。そして、英訳を読んだときに「elegant confusion（優雅な混同）」と感じられるように、見立てを意識して訳した。

『百人一首』の撰者とされる藤原定家もこの歌を気に入っていたらしく、彼が編纂した歌集の多くにこの歌が採られているが、もっと言えば定家は、白という色も好んでいたのではないだろうか。この歌を含め、『百人一首』にはたくさんの白の見立てが登場する。例えば、雪の白に山桜の白、白い月光に白い雲、白波など、たくさんの例が挙げられる。とりわけ、二種類の白いものを重ねる例は多く、この歌の菊と霜の取り合わせをはじめ、第三一番歌の雪と月光、第七六番歌の白波と雲、第九六番歌の花吹雪と老いといった例を見いだすことができる。これらの歌は、それぞれ味わっても十分素晴らしい歌であるが、様々な白を詠んだひとまとまりの歌として読むことによって、また違った味わいが生まれ、和歌の世界をより深く堪能できるのではないだろうか。

30 「無情」なのは「月」か「女性」か？

壬生忠岑《みぶのただみね》 ――生没年未詳。壬生忠見の父。九〇〇年前後に活躍。身分の低い下級武官だったとされるが、『古今集』撰者に登用された。三十六歌仙の一人。

有明のつれなく見えし別れより 暁《あかつき》ばかりうきものはなし

（一）
Since I parted from you
in the light of
that cold morning moon,
nothing is so painful
as the approaching dawn.

（二）
Since I parted from you
nothing is so miserable
as the approaching dawn,
the look on your face then
cold as the morning moon.

［現代語訳］
有明の月が見える。無情にも残っている月が出ているさなか、私は女性と別れて帰宅せねばならなかった。あれ以来、暁ほどつらく悲しいものはない。

有明の月、つまり夜明けの空に残っている月が見える頃のことを詠んだ歌である。「つれなく見えし」とは、作者（忠岑）の目線から、対象が「つれなく（無情に）」見えたことをいう。さて、作者は何を無情と見たのか。月か女性か、古くから説が分かれていた。『古今集』当時の理解としては女性が無情であったと考え、『百人一首』の撰者とされる藤原定家の理解としては、月が無情であったと考えられている。女性が無情だとすると、明け方の別れ時、残していく女性が冷たく見えたことになり、月が無情だとすると、女性との別れの時間に見えた月が、無慈悲なものに見えたこととなる。現代語訳は後者、定家の説に従った。

この和歌は高く評価された歌であった。定家自身も「これほどの歌を詠むことができたら、この世の思い出になる」と絶賛している。また、説話集や『古今集』の古い注釈書にも、定家と藤原家隆（定家と同世代の歌人。『新古今集』の撰者の一人）が、秀歌としてこの歌を同時に選んだというエピソードが残る。

突出した秀歌であることを踏まえて、以前の英訳に変更を加えたのが（二）である。一番大きな変化は、上の句と下の句の因果関係をよりはっきりと示したことだ。さらに、「有明の月」に当たる「the morning moon」を「that cold morning moon」とした。作者はあるときの女性との辛い別れがあってから、暁を恨めしく思うようになった。「the」から「that」にすることで、「あのときの別れ」というようなニュアンスになり、さらに「cold」を加えることによって、作者の体験がより具体的なものとして感じられる訳となる。最後に、暁について「nothing is so miserable」としていたのを「nothing is so painful」とした。惨めさを表す「miserable」から、個人的な辛さ、苦しみを表す「painful」に変更することで、作者自身の痛切な寂しさを表してみた。

さらに、この和歌を『古今集』での解釈に従い、「女性が冷たい」という意味にとった場合の英訳も考えてみた(二)。最後の二行は、女性の顔が有明の月のように冷たく見えたということである。やや意訳だが、英語の詩としては完成度が高くなる。

一首全体はとても妖艶で優雅な歌だと感じる。男女のロマンスが描かれていて、どこか物語の一場面を見ているかのようだ。当時の男女は夫婦であっても同居していないことがあり、その場合は男性が女性のもとに通っていた。朝が来れば、男性は女性のもとを離れなければならない。大切な存在とは少しでも長く共にありたい――そんな思いは誰しもが抱くはずだ。まだ暗い中、あの人のもとを去らねばならぬのに、月は遠慮を知らずに私に付いて照らしてくる。月でなく、あの人がそばにいればいいのに、作者はそう思っていたのかもしれない。通う恋という文化を知らない異文化圏にはなかなか伝わりづらい歌かもしれないが、詠み込まれる悲痛な思いは、きっと普遍のものであるはずだ。

31 「吉野」が「雪」と「桜」と組み合わせられるのはなぜか?

坂上是則　さかのうえのこれのり

――生没年未詳。九〇〇年前後に活躍。坂上田村麻呂の末裔。三十六歌仙の一人。

朝ぼらけ有明の月と見るまでに 吉野の里にふれるしら雪

Beloved Yoshino—
I was sure you were bathed
in the moonlight of dawn,
but it's a soft falling of snow
that mantles you in white.

［現代語訳］
夜がほのぼのと明ける頃、有明の月が光っているのかと見るほどまでに吉野の里に降っている白雪であるよ。

朝ぼらけは明け方のことで、有明の月は夜が明けてもなお空に残っている月を言う。「有明の月と見るまでに」とあるのは、白雪が降り積もって明るく見えるさまを、有明の月の光が差しているのかと見紛《まが》うほどであるというのだ。

吉野の里は、大和国（奈良県）の吉野郡を指す。幻想的なイメージと、吉野という地名によって喚起される、雪や桜といった吉野にまつわる景物との組み合わせは、藤原定家らの時代の歌人たちが愛したものであった。その組み合わせが詠み込まれた歌は、時代を超えてなお人の心にしみる、柔らかな光の美しさがある。

見立ての表現が用いられている。見立てという表現方法については、第二九番の歌で詳しく紹介したが、簡単に言えば、あるものをそれと同じイメージを持つ別のものになぞらえて表現するという技法である。この歌では、白い雪が、同じく白い月の光に見立てられている。見立てという表現方法は、もともと漢詩に由来するという。例えば、盛唐の漢詩人である李白の「静夜思」は、「牀前看月光／疑是地上霜／挙頭望山月／低頭思故郷（寝台の前の月光を見ると、その白い輝きは地上の霜かと思うほどである。頭を挙げて山上に出ている月を仰ぎ見て、頭を低《た》れて故郷に思いを馳《は》せる）」という五言絶句であるが、一句目から二句目にかけて、白く照る月光が白く輝く霜に見立てられているのである。

ところで私は吉野が大好きで、これまでに何度も訪れている。吉野は、川や山が歌に詠まれているほか、平安時代以降は、この歌のような吉野と雪との取り合わせが定着したという。『古今集』のころは吉野といえば雪だったが、やがて『新古今集』のころになると、吉野の山や吉野の川の桜が盛んに詠まれ、吉野は桜の名所となった。吉野は修験道《しゅげんどう》の出発点でもあるが、吉野の桜は修験道と深い関わりがある。というのも、修験道の開祖として知られる役行者《えんのぎょうじゃ》は吉野の山中で目前に現れた蔵王権現の姿を桜の木に刻んで祀ったという。このことから、本尊を刻んだ桜こそ、ご神木としてふさわしいと考えられるようになり、ご神木の献木という形で吉野山に桜が植え続けられたのである。

こうしたこともあり、吉野は現在まで桜の名所として愛され続け、多くの桜の歌が詠まれてきたのであろう。西行や松尾芭蕉も吉野に心を寄せていたことで知られる。西行は『山家集』に「よし野山こずゑの花を見し日より心は身にもそはず成りにき（吉野山の枝の先に咲いた花を見たあの日から、心はこの体に付き添わなくなってしまいました）」という歌を残している。実際に私も、吉野山を訪れた折には、吉野の美しさに心を奪われ、西行のこの歌の心を実感するのである。

32 「しがらみ」の本来の意味とは？

春道列樹　はるみちのつらき
——生年未詳。九二〇年没。春道姓は物部氏の末流。壱岐守に任じられたが、赴任前に没した。

山川《やまがは》に風のかけたるしがらみは　流れもあへぬ紅葉《もみぢ》なりけり

The weir that the wind
flung across the mountain brook
is made of autumn's
richly colored leaves
that can no longer flow.

［現代語訳］
山中を流れる川に風がかけた柵《しがらみ》というのは、流れきることができない紅葉であったことよ。

この歌のポイントは流れずに溜《た》まっている紅葉を「しがらみ」に見立てたことにある。「しがらみ」は、現代語では「人間関係のしがらみ」などというように、まとわりつくもの、自由になれないものの意で使う。ただ、本来のしがらみは水の流れを堰《せ》き止めるために立てた柵のこと。

川の中に杭《くい》を打ち並べ、竹や柴などを絡み付けたものである。現代の意味は、この本来の意味から転じたものなのである。

しがらみは和歌によく詠まれた。情景としてしがらみを詠んだ和歌も残されているが、別のものをしがらみに見立てる和歌も多く詠まれた。たとえば、恋に悩んでとめどなく溢《あふ》れる涙を、袖でおさえてとどめることを、「袖のしがらみ」と言った。今回の和歌でも、流れようとしても流れきれずに留《とど》まり続けている紅葉のさまをしがらみに見立てている。古くから、この歌の「風のかけたるしがらみ」という表現は高く評価されてきた。色鮮やかな美しい紅葉が、風に吹かれるまま、川に何枚も集まっている。その情景を目にした作者は、それをしがらみに見立てて詠んだ。発想の巧みさと、描き出される情景の美しさがたいへん魅力的な歌だ。

英語に訳しても極めて美しい。第二九番「心あてに折らばや折らん初霜の置きまどはせる白菊の花」は霜を菊に見立てたものであった。今回の歌でも同様に、見立てという技法が用いられている。この「優雅な混同」について、第三二番では、最後の「けり」に、作者の詠嘆する気持ちが集約されている。しがらみは本来人工物であるが、風によって、紅葉が自然のしがらみとなっている。その感動を表すため、英訳には「Ah!」などの感動詞を入れようかとも思ったが、現在の訳でも感動は十分に伝わると考え、結局入れなかった。なお、五行目は「流れもあへぬ」、つまり流れてゆくことができない紅葉の様を表現した。

この和歌は京都から滋賀へ、山を越えてゆく道すがら詠まれたものである。京都の北白川から比叡山と如意《によい》ヶ嶽《だけ》の間を抜け、滋賀の里に出る山道だ。私も少し前に、古典文学に詳しい友人、三井寺《みいでら》長吏の福家俊彦さんに案内してもらい、この経路を直接見てきた。『百人一首』の最初の和歌の作者、天智天皇が創建したと言われる崇福寺《すうふくじ》跡もあり、当時の賑《にぎ》わいが偲《しの》ばれた。三井寺と崇福寺は、大津が都であった当時にともに創建された、関係の深いお寺である。のちに崇福寺は廃れたが、三井寺は長く続き、明治期までは現在の寺院を中心として、今よりもずっと広い範囲が三井寺の所有であったという。

山道を通って、京都から出て行く。当時の人々は、都を思い出したり、これからの旅路を不安に思ったり、また反対に都が近づいてきたことに安堵《あんど》したりしたのだろう。様々な思いが交錯したかつての旅路を見て、当時の人々の気持ちや世界観を鮮やかに想像することができた。

33

「ひさかたの」にどんな意味が込められているのか？

紀友則《きのとものり》 ——生年未詳。九〇五年頃没。紀貫之のいとこ。『古今集』撰者の一人だが、完成前に亡くなっている。三十六歌仙の一人。

ひさかたの光のどけき春の日に しづ心なく花の散るらん

〔現代語訳〕
日の光がのどかに差している春の日に、桜の花は落ち着いた心もなく散ることよ。どうして静かな落ち着いた心もなく、あわただしく散るのだろうか。

Cherry Blossoms,
on this calm, lambent
day of spring,
why do you scatter
with such unquiet hearts?

「ひさかたの」は「ひかり」にかかる枕詞。一般的に枕詞は現代語訳に反映されない。しかし、何らかのイメージを喚起させる場合もあり、『万葉集』では「ひさかたの」は、「悠久の」や「不変の」という文脈で使われることが多い。作者の友則は『万葉集』をよく勉強していたらしく、そのことを踏まえるならば、彼の詠んだ「ひさかたのひかり」は悠久の光であって、太古の昔から ずっと変わらない光と解釈することができる。そうした光が降り注ぐのどかな春に、せわしなく桜が散る。これは太古の昔から繰り返され、またこの先も続くであろう。このように、春の暮れ行くさまに対する感動を詠んだ歌として友則の歌を理解する説もある。ただし、今日一般には「こんなにのどかな春の日に、どうして桜の花はせわしなく散ってゆくのだろう」という、桜に対する恨みを詠んだ歌として理解されている。そのため、現代語訳は通説に近いものとした。

英訳においては、一般的な解釈と、春が暮れ行くさまの感動を詠んだとする解釈のどちらでも味わえるようになっている。しかし、個人的には、恨みよりも感動という解釈でこの歌を捉えた方がしっくりくるように思う。桜があっけなく散ってしまうものであることは今も昔も変わらない。つまり、桜というのは本質的に儚《はかな》いものであり、その「あはれ」がこの歌に詠まれているのではないだろうか。シェイクスピアのソネットに表れる、美は永遠に生き続けるものという英語詩の感性とは対照的だ。

この歌に触れると、いつも加藤アイリーンさんのことを思い出す。アイリーンさんは私と同じアイルランドの出身で、私の恩師であるとともに佳《よ》き友人でもあった。彼女は、和歌の中でもとりわけこの歌が好きだった。もともとアイリーンさんは、アイルランドの偉大な詩人であるイェイツの詩をこよなく愛していたのだが、日本の古典文学と出会い、ドナルド・キーン先生に古典を学び、遂《つい》には女性としても外国人としても初めての天皇の御用掛《ごようがかり》にまでなった。まさにアイルランドと日本の架け橋となった人である。アイリーンさんが亡くなった後、私はアイリーンさんとキーン先生を題材として、「エリスの橋」という新作能を作った。

実は、私が『百人一首』の翻訳に初めて取り組んだ時、アイリーンさんに添削をお願いしていた。アイリーンさんから戻ってきた原稿には、あちこちに赤いペンで修正が加えられており、その真っ赤になった原稿は今でも宝物だ。また、アイリーンさんとは、生前、一緒に京都を巡ったこともある。その時は、常寂光寺や二尊院などに案内してもらったのであるが、数十年後にまさか自分がこの二つのお寺のある嵯峨に住むことになるとは思わなかった。アイリーンさんに出会わなければ、私が『百人一首』の翻訳をすることも、本書を書くこともなかったかもしれない。心からの感謝を込めて、本書をアイリーンさんに捧《ささ》げたい。

34 「松」は友人になりうるのか？

藤原興風《ふじわらのおきかぜ》

――生没年未詳。藤原道成の子。宇多・醍醐朝に活躍。『古今集』時代の代表的な歌人。三十六歌仙の一人。

誰をかも知る人にせん高砂《たかさご》の 松も昔の友ならなくに

［現代語訳］
いったい誰を昔から親しく知っている人にしたらよいであろうか。知人はみな亡くなり、同じように年を経た、あの高砂の松でさえも、昔からの友ではないのだから。

Of those I loved, none are left.
Only the aged pine
of Takasago
has my years, but, alas,
he is not an old friend of mine.

高砂は、播磨国（兵庫県）の地名で、松の名所として知られる。松は長寿というイメージが前提にある。

この歌は、老いを嘆いているという点においては、とても普遍的であるように思う。『百人一首』を選んだ当時、七四歳であった定家の気持ちと通うものがあったとする説も見られる。誰しも老いを嘆くものなのだろうか。その一方で、下の句の「松も昔の友ならなくに」については、英語的な感覚からは新鮮さを感じる。なぜなら、松は人ではないため、そもそも松が友人になることなどありえないからである。しかし、「松も昔の友ならなくに」=「松も昔からの友人ではない」ということは、つまり今では松が友人であると言い換えることもできるだろう。巧みな擬人化によって、ありえないはずなのに、不思議と納得してしまい、まんまと罠《わな》にはめられてしまったかのような感覚さえ覚える。

松は、『万葉集』の時代から歌によく詠まれている。常緑樹であることから、天皇の御代《みよ》が長く続くことや長寿の象徴として詠まれることが多い。それ以外にも、「待つ」との掛詞として詠まれる場合もある。

また、松と言えば、この歌に詠まれる高砂の松のほかにも、現在の大阪府である住吉の松が有名で、『古今集』仮名序には「高砂・住の江(住吉)の松も相生《あひおひ》のやうに覚え」というように、両地名が見える。さらに、世阿弥はこの歌をもとに「高砂」という謡曲を書いた。彼は物まね中心であった能を歌舞中心の優美なものへと昇華した人物として知られ、現在でも多くの作品が上演される。

「高砂」のあらすじは次の通りである。阿蘇神社の神主が上洛の途上、高砂を訪れ、ある老夫婦に「高砂の松」の謂《いわ》れを問う。すると老夫婦は「仮名序」にあった高砂と住の江の松の「相生」や、松のめでたい謂れ、歌道の繁栄を述べつつ、御代を言祝《ことほ》ぐ。老夫婦は、自分たちが高砂・住の江の「相生の松の精」であることを語り、住吉の地で待つと言って姿を消した。神主が住吉へ着くと、住吉明神が出現し、舞を舞って御代を祝福して、終曲を迎える。「高砂」という作品の優美さは、世阿弥の豊かな古典への造詣の深さに支えられている。

第二八番の「山里は」の回でも少し触れたが、以前、外国人の学者が和歌はつまらないと言っているのを耳にしたことがある。恐らく彼らが和歌に対してつまらないと感じる理由は、和歌の伝統的な詠み方を重んじる傾向にあるのだろう。しかし、今回の例に見えるように、これまでの伝統、古典的な詠み方を下敷きとして展開していく知の豊かさは、歌の世界のみならず、能の世界にも生きている。歌に詠み継がれた多くの型や文句が、またさらに受け継がれていくことによって、作品世界に重層的な広がりと深みが生まれるのだ。その伝統の中核にあった和歌にこそ、現代においても人々を惹《ひ》きつけてやまない、この国の伝統文化の魅力が詰まっているのではないだろうか。

35 詠まれているのは「男女間」か「男性間」か？

紀貫之《きのつらゆき》 ――八七二年頃～九四五年。『古今集』撰者の中心的人物で仮名序を記した。『土佐日記』の作者。三十六歌仙の一人。

人はいさ心も知らず故郷《ふるさと》は　花ぞ昔の香《か》ににほひける

As the human heart's so fickle
your feelings may have changed,
but in this village that I know well
the plum blossoms bloom as always
with a fragrance of the past.

［現代語訳］
人の気持ちは変わりやすいものなので、あなたの方はどうか、お気持ちはわかりませんが、なつかしいこの郷は、梅の花が昔のままの香りで咲き匂っていることだ。

この歌の出典である『古今集』の詞書によれば、紀貫之が久しぶりに昔なじみの宿を訪れた際に、宿の主人に長く訪れなかったことを皮肉られ、詠みかけた挨拶の和歌であるとわかる。人の心は変わってしまうが、自然は変わらずにあることが対比されている。『貫之集』ではこの和歌に対する主人の返歌として、「花だにもおなじ心に咲くものを植ゑけむ人の心しらなむ（梅の花さえも昔と変わらない心で咲いているのだから、花を植えた人の心が変わらないものであるかどうか、推し量ってほしいものです）」が載る。人の心変わりがテーマの、普遍性のある歌だと思う。しかし、それを詠むことに終始せず、それでも自然は変わらずにあると締めている。このようなことを詠んだ英詩は知らない。世界的にも通じる普遍的なテーマでありながら、斬新に表現されていると思う。

今回は新たに英訳した。歌にある「故郷」は、詞書によると、貫之の故郷ではなく、初瀬詣での際に泊まっていた昔なじみの郷を指す。そこで、以前は「my old home」と訳したところを、英訳を見たときにより誤解の少ない「this village that I know well（馴染みのこの郷）」と改めてみた。

この歌の花は梅である。『古今集』のころは、花といえば桜が詠まれることが多く、梅が多かったのはむしろ『万葉集』の時代であった。私が日本に来たばかりのころは、豪華絢爛《けんらん》な桜に対して、梅は花も小ぶりでなんだか淋しげに見えていた。しかし何年か経つと、梅の花をかわいらしく感じるようになってきた。こういった場面に詠まれるにふさわしい花だ。

さて、貫之と宿の主人との贈答には、男女間のものだとする見解と、男性間のものだとする見解がある。『伊勢物語』と『古今集』に載る、「あだなりと名にこそ立てれ桜花年にまれなる人も待ちけり（桜は変わりやすいものだと言われてはいるけれども、桜の花は散りもしないで、一年の間でもめったに来ない貴方を待っているのですよ）」に始まる歌の贈答も、男女間のものか、男性間のものか、見解が分かれている。どちらも、久しく訪れなかった相手を、花に託してとがめた歌である。貫之の歌も、今紹介した歌も、まるで恋の贈答のようになっているが、男女間で詠まれたものか、男性同士が恋歌のように装って詠んだのか、よく分からない。ただ、実際には恋仲でなかったとしても、恋歌の形式を取ることはたびたびあったらしい。それが歌を詠み交わすときのひとつの方法であったのだろう。

最後に、紀貫之が書いたと言われる、私が好きな日本の古典を紹介したい。それは『古今集』仮名序「やまとうたは人の心をたねとして、よろづの言の葉とぞなれりける」である。人の心からさまざまに歌が詠まれるというような、現在でも色あせない普遍を述べつつ、種から葉が出る様子に例えることで詩的な表現に仕上がっている。

36 夏は「夜が短い」のか「昼が長い」のか？

清原深養父　きよはらのふかやぶ

――生没年未詳。一〇世紀前後に活躍した『古今集』の有力歌人。清原房則の子。清少納言の曾祖父。

夏の夜《よ》はまだ宵《よひ》ながら明けぬるを　雲のいづくに月やどるらむ

On this summer night,
when twilight has so quickly
become the dawn,
where is the moon at rest
among the clouds?

［現代語訳］
短い夏の夜は、まだ宵のうちと思っている間に明けてしまったが、月はこの間ではとても西の山の端まで行き着けないだろうに、雲のどのあたりに宿っているのであろうか。

夏の夜は短く明けやすいものとして詠まれる。「宵」は夜のはじめの方のことで、暮れたばかりだと思っていたのにもう夜が明けてしまったと詠むことで、その短さが強調されている。それほどまでに夜は短いのだから、月も沈むことができないだろうという発想で、下の句は詠まれる。

そのうえで月を擬人化して、西の空まで行き着けなかった月は、雲のどこに宿っているのかと推量している。和歌において、月はいつでも賞美の対象であった。『古今集』の詞書に「月の面白かりける夜」と書かれることから見ても、美しい月を作者が鑑賞していたことがわかる。したがって下の句には、早くも見えなくなってしまった月を惜しむ気持ちが含まれていると考えられる。

この歌は夏の月を詠んだものだが、夏の代表的な景物と言えば、ほととぎすである。夏になると、ほととぎすの声を今か今かと待つのだ。私の小倉山の家にもほととぎすはやってくるので、夏には私もかつての歌人たちと同じように、その初音を待ち焦がれている。『古今集』の夏の歌は特にほととぎすを詠んだ歌が多く、この歌のように月を詠んだものは珍しい。月と言えば、やはり秋のイメージだから、夏の夜との取り合わせは新鮮に感じられる。また私は、月を擬人化するレトリックがこの歌の美点だと思う。月が雲に宿っているというのは、ふわふわしたところで眠っているかのようで、現代でも十分に通用する詩的センスではないだろうか。

夏は夜が短い。たしかにそうなのだが、あえて夜に着目することにも感心する。私の出身地のアイルランドは高緯度の国だから、夏と冬の日照時間は全く違っていた。だからといって、夏の夜の短さに注目したりはしなかった。夜が短いというより、昼が長いという感覚なのだ。明るく、開放的な昼が長く続くことを嬉しく感じていた。その点で、深養父の着眼点は実に新鮮だ。

アイルランドの田舎で育った少年時代、夜の一〇時ごろまで外で遊ぶのが大好きだった。日本では春を連想する雉《きじ》や秋を連想する鶉《うずら》は、いずれも私にとっては夏の宵に結びつく。夏の夜には、雉が立派な尾羽を生やして、庭の芝生の上をちょこちょこと歩いているのをよく見た。ゆっくりと暗くなる夜は、美しくて心を打つものだったから、あの当時聞いた鶉の声は、どこか憂いを帯びて感じられ、今も私の耳に残っている。アイルランドには、日本と同様に四季がある。だが、季節に連想するものにはやや違いがあるようだ。この歌がそう気づかせてくれた。皆さんにも、特別に季節に結びつくような思い出深い光景や音がおありになるだろうか。

37 正しいのは「白露に」か「白露を」か？

白露《しらつゆ》に風の吹きしく秋の野は つらぬきとめぬ玉ぞ散りける

文屋朝康　ふんやのあさやす

――生没年未詳。九〇〇年前後に活躍。『百人一首』第二二番に歌がある文屋康秀の子。知られている歌は少ない。

When the wind gusts
over the autumn fields,
white dewdrops
lie strewn about
like scattered pearls.

〔現代語訳〕
白露に風がしきりに吹く秋の野では、草の葉の上にびっしりと置く露がこぼれて、あたかも緒で貫き通していない玉が散っているようであるよ。

「白露」は、ただ「露」というのに同じ。「風の吹きしく」は、風がしきりに吹くこと。定家も好んで用いた表現だ。「つらぬきとめぬ玉」は、葉に置いた露を玉（真珠）に見立て、その玉が糸でネックレスのようには繋がれていないさまをいう。

なお、本書がもとにしている新編国歌大観の『百人一首』では、この歌の初句が「白露を」となっているが、種々の資料などに合わせて「白露に」と改めている。ただし、「白露を」という形で理解することができないわけではない。「白露に」であれば「白露が置いているある程度広い空間に風がしきりに吹く」という意となるのに対して、「白露を」であれば「白露そのものに風がしきりに吹く」という意になる。

今回は、この歌の「白露」に関連して、私の母国アイルランドの最も素晴らしい詩人の一人であるW・B・イェイツの話をしてみようと思う。アイルランドの激動の時代を生きた彼は、若年から晩年にかけて、詩風が大きく変遷していったが、「dew（露）」はそんな彼の詩に幾度も登場する言葉である。この言葉が特に象徴的な作は、「Into the Twilight（薄明の中へ）」で、「朝露（the dew of the morn）」「露は絶えず輝く（Dew ever shining）」という表現がアイルランドの雄大な自然への思慕をかきたてる。

彼の最も有名な作の一つである「The Lake Isle of Innisfree（イニスフリーの湖島）」には「あそこなら幾《いく》らかの安らぎを得るでしょう、安らぎはゆっくりと、朝の帳《とばり》からこおろぎの鳴くところへと、ぽたりぽたりと滴り落ちて来るのだから」とある。朝の帳、おそらくは立ち込める朝霧から、こおろぎの鳴き声まで、イニスフリーの島の自然に囲まれていると、安らぎがゆっくりと満ちるように感じる。そんな描写だ。「露（dew）」が直接表現されるわけではないが、朝という時間やこおろぎの鳴く季節、滴り落ちるという表現は、露に縁が深いので、今回の歌を鑑賞しながら、ふと、この詩のことを思い出した。まるで日本文学の縁語のような言葉の広がりがあって、とても詩的な作品だ。彼の詩に感じるような美しさを、私は今回の歌に感じている。きらめく白露を玉に見立てるだけでなく、玉を繋いでつくられたネックレスにまで結びつく和歌の世界の連想は、白露の舞う想像の中の情景と相まって、私を余情に浸らせるのだ。

朝早く起き、松尾大社まで散歩していると、道の脇に生える草に白露がきらめいている。透明に輝く露や、白く輝く霜が、いつも通う道にちょっとした彩りを添える。日々少しずつ変わりゆく視界に、季節の移ろいを感じる。

38 女の本心は「ひたむきな恋」か「強烈な皮肉」か？

右近《うこん》——生没年未詳。村上天皇歌壇の歌人。醍醐天皇の中宮穏子に仕えた女房で、多くの男性と浮名を流した。

忘らるる身をば思はず誓ひてし人の命の惜しくも有るかな

Though you have forgotten me,
I do not worry about myself,
but how I fear for you,
as you swore before the gods
of your undying love.

［現代語訳］
忘れられてしまう我が身のことは少しも気にかけない。けれども「永久に心変わりすまい」と神かけて誓った、あの人の命は、神罰によって縮められるのではないかと、惜しく思われることよ。

実に半数近くが恋歌である『百人一首』だが、歌の並び上、今回、久しぶりの恋歌となる。「誓ひてし人」とは自分を捨てた男のことである。「神に誓って心変わりしない」と、女への愛を真摯《しんし》に語った男は、あっさりと気持ちを移して女を捨てた。神への誓いは現代の感覚よりずっと重いものであるはずなのだが――。女の失恋の歌である。

　この歌は二通りに解釈できる。一つは、純粋に相手を思う女のひたむきさを詠んだという素直な読み方である。忘れられてしまった自分のことは構わないが、神への誓いを破った男の寿命を心配するという歌だ。しかし、これは強烈な皮肉の歌とも読める。「別に私のことはいいけれど、あなたが神罰を受けないか気がかりだわ」と、相手の軽々しい言動を当てこするというものだ。解釈は読者に委ねられている。

　私自身、どちらの解釈がよりよいかを示すことはできないが、皮肉の歌と読む方がしっくりくるとは思う。確かに、ひたすら相手を思う歌ととったときの純情さは美しい。でも、皮肉の歌ととった方が、より一層、大人として力強く相手に感情を伝える歌となるように感じる。大丈夫ではないのに「大丈夫」と言ってしまう、そんな激しい感情を抱くのだ。

　この歌は、音律的には大変美しい。ただ、現代語訳を読むとわかるが、レトリック（隠喩、掛詞、序詞、枕詞など）はない。そして、レトリックのない和歌は残念ながら西洋で詩として認められないことが多い。だから、この歌を英訳すると、散文的になってしまう。

　詞書を付さない『百人一首』は、多様な解釈が成り立つ歌が目立つ。読者は、出典となる勅撰集の詞書に記される文脈から解放され、歌そのものと向き合うことになるからだ。『百人一首』の撰者とされる藤原定家の解釈に従うか、勅撰集の詞書に従うか、さらには使われている言葉の清音・濁音の判断さえもが、読み手に委ねられるのである。私がこの問題を最も意識したのは、英訳かるたを作ったときだった。そして本書を通して、私は再びこの問題と向き合っている。たびたび新訳を試みているのは、まさに歌との対話があるゆえなのだ。

さて今回の歌、定家は、おそらく純粋な恋の歌として鑑賞していた。定家の自選歌集『拾遺愚草』には、この歌を本歌とする「身をすてて人の命を惜しむともありし誓ひのおぼえやはせむ（私の身を捨ててあの人の命を惜しんだとしても、あの人は以前の約束を覚えているのだろうか、覚えていてはくれないかもしれない）」という和歌が載る。

純粋な恋の歌と取るか、相手への皮肉と感じるか、人によって解釈が分かれるところだろう。読者の皆さんはどうお考えになるだろうか。

39

「浅茅生の小野の篠原」に隠された恋のイメージとは？

参議等《さんぎひとし》――源等。八八〇～九五一年。嵯峨天皇の曾孫。源希の息。国司を歴任した後、参議となり正四位下に至る。

浅茅生《あさぢふ》の小野の篠原しのぶれど あまりてなどか人の恋しき

I try to conceal my feelings,
but **they** are too much to bear—
like reed**s** **hidden** in the **low** bamboo
of this desolate plain.
Why do I love you so?

［現代語訳］
浅茅《あさじ》が生えている小野の篠原――その「しの」ではないけれど、私はこれまであなたへの想いを「忍んで（抑えて）」きたのに、今となってはもう抑えきることができず、どうしてこんなにもあなたが恋しいのでしょうか。

この歌と続く第四〇番、第四一番は、いずれも秘められた恋の歌である。今回は、詞書に「人につかはしける」とあるので、密《ひそ》かに恋に落ちた男が相手の女の元に歌を贈って、自らの恋情を訴えたものである。

浅茅は丈が低いチガヤのことで、それが生えている場所を浅茅生《あさじう》と言う。小野は地名ではなく、単に野原の意で、「小《お》」は接頭語である。同様に、篠原も地名ではなく、篠竹が生える野原を指す言葉である。「浅茅生の小野の篠原」は「しのぶれど」を導くための序詞になっている。序詞は意味のつながりがある場合もあるが、音のつながりによる装飾であることも多い。この歌の場合は、音のつながりだけでなく、篠竹に隠れる浅茅と、隠そうとしても隠しきれない恋心のイメージが重ねられている。そのことを反映して、英訳で they と、三行目に隠れる show の四文字（they show ＝恋心が見えている）を太字で表現した。さらに音のつながりに注目すると、「しのはら」「しのぶ」「こひしき」と、「し」の音の繰り返しが美しいリズムを作り出している。

なお、この歌は『古今集』の「浅茅生の小野の篠原しのぶとも人しるらめやいふ人なしに（浅茅が生えている小野の篠原の、「しの」のように恋心を耐え忍んでも、そのことをあの人が知ることがあるだろうか。あの人に私の思いを告げてくれる人がいないのに）」（恋歌一・詠み人知らず）を踏まえて詠まれたものであると指摘されている。『古今集』の歌がまだ恋心を隠し続けて相手に伝えていないのに対して、相手に思いを伝える今回の歌は、恋の段階としては、一つ進んでいるようだ。

ところで、先日冷泉家にお邪魔《じゃま》した時、冷泉貴実子さんから興味深いお話を伺った。藤原定家の子孫である冷泉家では、江戸時代中期頃の宮中の和歌を継承しておられる。その文化は「型の文化」で、個人の感情や体験とは関わりなく、古くから繰り返し使われ洗練されてきた型を継承するものだったという。

江戸時代中期よりも数百年遡《さかのぼ》った時代に、この歌は詠まれている。そして、それよりもさらに昔から、和歌の歴史は始まっていた。長い歴史の中で繰り返し使われてきた言葉たちは、やがてその一言、一句、一フレーズで、千年を超える言葉の歴史を背負うようになっていく。「型の文化」に当てはまる「題詠（決められた題に従って歌を詠むこと）」は、編まれ続けてきた言の葉たちや貴族社会の習わしの上に成り立つものである。「題詠」ではない今回の歌も、表現自体は『古今集』の歌を踏まえ、完全に独創というわけではない。私たちが普段使っている言葉の中にも、長い歴史を持つ表現が多くある。文語たる古語と現代語とを切り分けて考えることもあろうが、きっと身近なところにも、悠久の言葉の歴史が顔を覗《のぞ》かせているはずだ。

40 顔色に出ていたのは「物思い」か「恋」か？

平兼盛《たいらのかねもり》　——生年未詳。九九〇年没。光孝天皇の玄孫とされている。父の代に臣籍降下して平姓を賜る。『後撰集』時代の代表的歌人。三十六歌仙の一人。

しのぶれど色に出《い》でにけりわが恋は　ものや思ふと人の問ふまで

Though I try to keep it secret,
my deep love shows
in the blush on my face.
Others keep asking me—
'What troubles your heart?'

［現代語訳］
人に知られないよう心中に秘めていたのに、顔色に出てしまったことであるよ、私の恋心は。「もの思いをしているのですか」と人が尋ねるほどまでに。

恋をし始めた頃の男の心を詠んだ一首である。「しのぶ（忍ぶ）」は誰にも知られないように気持ちを心に秘めることで、「色」は表情やそぶりの意。そして「けり」は何かに気づいたときに使う言葉である。つまりこの歌の主人公は、心中に秘めていたつもりの思いが顔色や態度に表れてしまっていたと気づいたのだ。そう気づいたきっかけは、人から「ものや思ふ」と、尋ねられたこと。この「ものや思ふ」という質問は、文字通りに訳せば「何か物思いをしているのですか、悩み事ですか」というような、広い意味になる。だが、こう尋ねることによって、間接的に「恋をしているのですか」と尋ねているとも考えられるのではないだろうかと思って、翻訳の際には随分悩んだ。最終的にこの形に至ったのは、この方が余韻豊かな歌になると思ったからだが、理由はもう一つある。

『百人一首』にはこの歌がどのような状況で詠まれたのかは記されていないが、もともとは、村上天皇の主催した「天徳四年内裏歌合《てんとくよねんだいりうたあわせ》」という行事で詠まれた歌だった。「歌合」というのは、歌人たちが左右二つのグループに分かれて歌を提出しあい、二首の歌の優劣を競うという行事。今回の兼盛の和歌は、次回に取り上げる壬生忠見の歌「恋ひすてふわが名はまだき立ちにけり人知れずこそ思ひそめしか（恋をしているという私のうわさは、早くも広まってしまったことだ。ほかの人には知られないように、ひそかに想い始めたばかりなのに）」と番《つが》えられた。だが、この二首が甲乙つけがたい名歌で、なかなか決着がつかない。この二首の番は歴史的な名勝負として語り継がれることになった。『百人一首』で連続して配されているのは、このエピソードを念頭に置いていたからだろう。そこで、兼盛の歌を英訳する上でも、単独で解釈するより、二首が番えられた歌合の場面全体を効果的に見せることを意識してみた。次回の忠見の歌が「すでに噂《うわさ》が広まってしまった」という状況を詠んでいるのと対比的に、「まだ人に恋心までは知られていない」状態の歌と捉えてみたのである。すると、周囲が投げかけた「ものや思ふ」という問いは恋心に限定せず、様子を問う「何か物思いでもしているのですか」がぴったりくるだろう。

さて、この歌合では藤原実頼《さねより》が勝敗を定める判者《はんじゃ》（審判役）をつとめた。実頼は、名歌同士の番の判定に困り果てて、ついには主催者の村上天皇に意向を窺った。そこで村上天皇が出した結論はいかに……。これは次回のお楽しみ。皆さんはどちらの和歌のほうが好きだと思われるだろうか。

41 「歌合」の勝敗の決め手となったこととは？

恋ひすてふわが名はまだき立ちにけり 人知れずこそ思ひそめしか

壬生忠見《みぶのただみ》
――生没年未詳。壬生忠岑（第三〇番）の子。歌合の作者として活躍したが、役人としては不遇だったとされる。三十六歌仙の一人。

I had hoped to keep secret
feelings that had begun to stir
within my heart,
but already rumors are rife
that I am in love with you.

［現代語訳］
恋をしているという私のうわさは、早くも広まってしまったことだ。ほかの人には知られないように、ひそかに想い始めたばかりなのに。

前回は「しのぶれど色に出《い》でにけりわが恋はものや思ふと人の問ふまで」という平兼盛の歌を紹介した。今回の歌は、その兼盛の歌と歌合で番えられた、壬生忠見の歌である。その歌合で判者（審判）を務めた藤原実頼は、どちらも優れた歌であったために判定を下すことができなかった。前回の最後、皆さんに、どちらの歌が好きかお聞きしてみた。今回も、もし自分だったらどちらを勝ちにするか、考えながら読み進めてほしい。

さて、判者の実頼は学識豊かで信頼を集めていた人だったが、その彼でも勝敗がつけられない。やはり博学で鳴らした才人源高明《たかあきら》に頼ろうとしたものの、高明も何とも言わない。そこでやむなく村上天皇の意向を窺ったところ、天皇も勝敗をはっきりとは示さなかった。ただ天皇は、ひそかに兼盛の歌を口ずさまれた。そこで兼盛の「しのぶれど」の歌が勝ちと決まったのである。

この顚末《てんまつ》は語り草となった。説話の中には、負けた忠見が、ショックのあまり食欲を失い病気になり、ついには死んでしまったと伝えるものさえある（『沙石集《しゃせきしゅう》』）。これは事実ではなく、忠見はこのあとも存命なのだが、平安中後期には、歌合の勝敗に悩んで命を落とした歌人の説話がいくつか残る。当時の人がどれほど熱心に歌合に取り組んだかが窺われて、興味深い。

このように、甲乙つけがたい名歌と評された歌を英訳してみるとどうなるだろうか。実は、英語にするとどちらも散文的なものになってしまって、韻文らしさはあまり感じられないのである。兼盛の「しのぶれど」の歌は二句を「色に出でにけり」と字余りにし、四句では「ものや思ふ」と他者の言葉を取り込んで、歌の調べに曲折をもたせた技巧的な歌だと評価されてきた。だが英語の詩は、隠喩やイメージの世界といった要素がなくては成り立たない。英語的感覚では、兼盛の歌は技巧的とは認められず、特に修辞が使われていないとみなされてしまう。日本では技巧的とされる兼盛の歌に対し、忠見の「恋ひすてふ」の歌は率直に心情を詠んだところに持ち味があるとされるが、こちらは一層レトリックのない歌となる。しかし、恋心の芽生えを素直に詠んだこの歌は、どこの国、どこの時代の人にも通じるものではないだろうか。

皆さんはこの二首のどちらがすぐれていると思っただろうか。私は最初兼盛の「しのぶれど」の歌の方が、レトリックを基準とする英語の感覚では評価できると思っていたが、今回、忠見の歌をあらためて読むと、こちらも素直で捨てがたい。二回にわたったエッセーが、皆さんにとって、英語と日本語の文化の違いを考えるきっかけになったら嬉しい。

42 「末の松山」は何を象徴していたのか?

清原元輔《きよはらのもとすけ》 ——九〇八〜九九〇年。村上天皇により和歌所寄人に任命され、源順らとともに「梨壺の五人」と称された。三十六歌仙の一人。

契《ちぎ》りきなかたみに袖《そで》をしぼりつつ 末《すゑ》の松山波越さじとは

Wringing tears from our sleeves,
did we not pledge never to part,
not even if the waves engulfed
the Mount of Forever-Green Pines—
what caused such a change of heart?

[現代語訳]
固く約束したことでしたね。お互いに幾たびも涙で濡れた袖を絞りながら、あの末の松山を波が越すことのないように、私たちの関係も、ずっと続くと。それなのにあなたは……。

失恋の歌である。男と女が絶対に変わらない仲を約束したにもかかわらず、女は誓いを破って心変わりをしてしまった。第三八番「忘らるる」とは違い、失恋をしたのは男である。

『後拾遺集』の詞書には「人に代はりて」とあるので、この歌は作者がほかの人に代わって詠んだ代作であるとわかる。作者清原元輔は、第三六番の清原深養父の孫、第六二番の清少納言の父で、一〇世紀の最も重要な歌人の一人である。『後撰集』の編纂や『万葉集』の解読にも関わり、勅撰集に一〇〇首以上もの和歌が選ばれた。清原元輔のような有名な歌人に代作を依頼することは、当時しばしば行われていたのである。

今回の和歌はまず「契りきな」と初句で意味がいったん切れ、相手に呼びかける歌となっている。ポイントは、歌枕「末の松山」であろう。末の松山は、宮城県多賀城市にあったとされる山で、海辺にありながらも、決して波が越えない山として知られていた。『古今集』には、地方の歌として「君をおきてあだし心をわがもたば末の松山波もこえなむ」という和歌が採られる。現代語訳は「あなたを差し置いて、浮ついた心をもし私が持ってしまったならば、絶対に波が越えないと言われる末の松山を波が越えてしまうことでしょう。そのようなことがないのと同じように、私があなたから誰かに心を移すこともありません」となる。末の松山はこの歌を踏まえ、永遠に続く恋の象徴として詠まれているのである。ただ、『古今集』の歌とは違って、今回の和歌では、歌を詠まれた側の女は心変わりしてしまったのだが……。

ここで少し、文学的な知識にも触れたい。『百人一首』は『古今集』から『続後撰集』までの一〇の勅撰和歌集を出典とする。その中でも、平安時代初期から鎌倉時代初期にかけて作られた八つの勅撰集はそれぞれ、『古今集』、『後撰集』、『拾遺集』、『後拾遺集』、『金葉集』、『詞花集』、『千載集』、『新古今集』であり、これらを総称して「八代集」と言う。

勅撰集は、天皇の宣旨《せんじ》、あるいは上皇や法皇の院宣《いんぜん》によって編纂される和歌集で、私的に編纂されるいわゆる私撰集とは異なる。当代の歌壇の中心人物が編纂者になることが多く、勅撰集に歌が撰ばれること（これを「入集《にっしゅう》」という）は、歌人にとって誉れであった。八代集以降も勅撰集は数々編まれたが、八代集までを一区切りと捉えることが多い。最も和歌が発展した時代であり、日本文化の礎が築かれた時代である。

嵐山には、小倉百人一首文化財団が設置した百人一首の歌碑が点在している。それらは出典となった勅撰集ごとにまとめて置かれ、歌集別に鑑賞することができる。また、歌に詠まれた場所に配慮して設置されており、例えば天台座主慈円が詠んだ第九五番の歌碑は、比叡山を眺められる場所にある。歩きながら気軽に百人一首を堪能でき、毎朝の散歩がとても楽しい。

43 「後朝」のルールは守られたのか?

権中納言敦忠
ごんちゅうなごんあつただ

藤原敦忠。九〇六~九四三年。左大臣藤原時平の子。美男子で、和歌、管弦に秀でた色男と伝わる。三十六歌仙の一人。

あひみての後の心にくらぶれば 昔は物を思はざりけり

When I compare my heart
from before we met
to after we made love,
I know I had not yet grasped
the pain of loving you.

[現代語訳]
逢って契りを結んだあとの、この恋しく切ない思いに比べると、逢う前の物思いなんて何も思っていない程度の、なんでもないものであることだ。

今回の和歌には大まかに二通りの解釈があり、一つは、はじめての契りを交わした翌朝に女に贈った、いわゆる後朝《きぬぎぬ》の歌というもの。もう一つは、逢ってからしばらく逢えなくなってしまい、その物思いを詠んだ歌というもの。

さて、今回は、この歌が詠まれた当時における求愛や結婚にまつわる社会的慣習を考えてみたい。当時の恋愛関係は現代と比べて複雑だが、そうした多重な恋愛関係が成り立っていたのは、様々な慣習や逢瀬《おうせ》におけるルールがあったからこそである。

日本はもともと母系社会であり、家も財産も母から娘へと受け継がれてきたと言われている。奈良時代になると、中国から儒教の家父長制が伝来し、男性が家庭の中心となっていくものの、平安時代に入ってからも依然として母系制の要素は残り続け、とりわけ結婚の習慣には母系制の名残が色濃く見られるようだ。

平安時代、貴族が比較的自由に生活様式を選択できた都では、男性が女性のもとを訪れる「通い婚」や「妻問い婚」と呼ばれる結婚形態が最も一般的だった。

妻問いは、日没後に男性が密かに女性のもとを訪れ、夜明け前に帰ることから始まる。それを三日続け、三日目に訪れた際には、男性は夜が明けるまで女性の家で過ごし、そのまま女性の両親と食事を共にし、自分の姿を露《あら》わにする「所顕《ところあらわし》」の儀式が行われた。多くの場合、両親が娘のためにあらかじめ夫となる人を選んでいるため、両親は当然求婚者が誰であるかを知っているものの、それでもこの習慣は踏襲されていた。この所顕までの三日間、男性は帰宅後すぐに女性宛てに後朝の歌を贈ることが重要で、万が一男性が三夜続けて女性のもとを訪れなければ、二人の関係は終了したとみなされてしまう。正式な結婚には、後朝の歌が欠かせなかったのである。

さて、今回の歌は、後朝の歌と考えると、その構成も面白い。一般的には、恋人たちが晴れて初夜を迎えれば、やっと会えたということで完結（＝恋が実を結んだこと）を期待してしまうのだが、この歌では、会ってからさらに心が乱れているという意外な表明によって、作者の愛の深さが示されている。こうした意外性のある逆転の発想は、漢詩の影響を受けたとみられるが、いずれにしても、非常に優れた構成であると評価できるだろう。

44 平安朝の「色好み」が見せた技巧とは?

中納言朝忠《ちゅうなごんあさただ》――藤原朝忠。九一〇~九六六年。恋愛遍歴が豊かで、右近も恋人の一人だったと伝わる。三十六歌仙の一人。

逢《あ》ふことの絶えてしなくはなかなかに 人をも身をも恨みざらまし

If we had never met,
I would not so much resent
your being cold to me
or how I've come to hate myself
because I love you so.

[現代語訳]
もし逢うということがまったくなかったならば、かえって相手のつれなさや我が身の苦しさを恨んだりしなかっただろうに。

「絶えて」は「まったく」の意の副詞。「し」はそれを強調する助詞。「なかなかに」はここでは「かえって」「むしろ」などの意を表す副詞。「人」は相手のことで「身」は自分自身のこと。

前半で、逢うことが一切なければと仮定し、もしそうであればつらく思うことはなかっただろうにという可能性に思いを馳せている。実際には、作者はもう逢うことがなくなってしまったことを嘆き悲しんでいる。

さて、今回は朝忠の歌を通して、朝忠の人物像を探っていく。朝忠は三十六歌仙に選ばれるように、評価の高い歌人である。三十六歌仙とは、『百人一首』にも選ばれている藤原公任が、優れた三十六人の和歌を選んで、『三十六人撰』という歌集を作ったことに由来する。以降、歌の世界では三十六という数が重視されるようになり、三十六歌仙に影響を受けて、中古三十六歌仙や女房三十六歌仙なども作られた。和歌の世界だけでなく、連歌でも、三十六句からなる連歌のことを歌仙、十八句からなる連歌のことを半歌仙と呼んでいる。また、絵画の世界に関しても、「富嶽三十六景」をはじめとして、影響を与えている。三十六歌仙の日本文化への影響は非常に大きい。

朝忠の恋愛遍歴は、彼の和歌を通して伝わっているものが多い。次の歌は関係を持っていた人妻が、受領となった夫の任国へ付《つ》いていく際に贈った和歌である。

「たぐへやるわが魂をいかにしてはかなき空にもて離るらむ（遠くへと行くあなたに私の思いを添わせるというのに、どうして私たちの関係をむなしく疎遠《そえん》にしてしまうのでしょう）」。朝忠の、魂だけでも一緒にありたいと願う、強い愛情の窺える、ロマンティックな歌である。魂を肉体から離してでも、相手とともにありたいという思いは、平安朝に特徴的な表現である。

朝忠の歌の中には、しばしばウィットに富んだ表現もみられる。

「もろともに君もほさなんぬれ衣かゝるなき名は我のみぞたつ（私と一緒にあなたも濡れ衣を干して

ください。そうすればこのような無実の噂は私だけに立つことでしょう）」。この歌が詠まれたとき、朝忠は中将であり、浮気であるという噂が立った。同じく浮気だという噂のあった、「中納言」と呼ばれる宮中の女性に、朝忠はこの和歌を贈った。無実の噂を表す「ぬれ衣」を一緒に乾かせば浮気者であるという噂も消えるだろうと詠んでいる。無実の噂が立つくらいなら、二人で恋人関係になって本当のことにしようと提案しているのだ。言葉遊びが巧《たく》みであり、恋愛巧者らしい誘いの歌である。

朝忠は評価の高い歌人というだけでなく、恋愛にも真剣な人物であり、平安朝の色好みらしい人物であったといえる。

45

「あはれ」はいかに訳すべきか？

謙徳公《けんとくこう》 ——藤原伊尹。九二四〜九七二年。『後撰集』和歌所の別当を務めた。『一条摂政御集』の作者。

あはれともいふべき人は思ほえで　身のいたづらになりぬべきかな

'I feel so sorry for you.'
No one comes to mind
who would say that to me,
so I will surely die alone
of a broken heart.

［現代語訳］
わたくしのことを「あはれ」と同情してくれそうな人は、誰も思い浮かべられないで、わたくしは思い焦がれながら、きっとむなしく死んでしまうことでしょうね。

「あはれ」は、「かわいそう」「いとおしい」など、多くの意味がある。「いたづらになる」は、生命を無駄なものにしてしまう意、つまり死ぬこと。「なりぬ」の「ぬ」は強意の助動詞。付き合っていた女から捨てられた男の孤独な心を詠んだ歌だ。

『源氏物語』を「あはれ」の文学、『枕草子』を「をかし」の文学と高校生の時に習ったことのある人も多いかもしれない。これは江戸時代の国学者である本居宣長が、『源氏物語』の本質を「もののあはれ」にあると主張したことに由来する。「あはれ」は優美で情緒ある様子への感動や、哀愁のある事柄への同情を表す語である。対して「をかし」は趣のある事柄を、見出《みいだ》し享受する際に用いられる。同じ感動でも、他者と分かち合う共感の「あはれ」と、自ら美しさを見出そうとする「をかし」。この対比が、平安時代を代表する両作品を比較する上で、意識されているのではないだろうか。

「あはれ」が表す「かわいそうだ」を訳した「I feel sorry」は、相手の心情に寄り添うときに使う言葉だ。似た言葉に poor や pity を思い起こされるかもしれないが、この二つの言葉はどこか上から目線で相手の境遇について述べている感じがする。また、sad や miserable は、不幸になっている状況を客観的に述べるので、主観的に相手の心情に寄り添うこの歌の場面では使いがたい。

Poor you という言葉もあるが、口語的で軽い状況から深刻な状況まで幅広く使える言葉で、今回の歌の意味をわかりやすく伝えるには「I feel sorry」が適切だと思う。「かわいそうだ」という言葉にあたる英語はさまざまあるが、その一つ一つが微妙に異なったニュアンスをもっている。日本で英語を習うと、sorry と聞いたときに「申し訳なく思う」という意味を思い浮かべるかもしれないが、sorry は使い方によっていろいろな意味になる意外性のある言葉なのだ。

詠み人の伊尹《これまさ》は、歌人として有名なだけでなく、摂政・太政大臣にまで上り詰めた高位の貴族で、この歌は『一条摂政御集』という歌集の冒頭を飾る和歌である。『一条摂政御集』は非常にユニークな構成の歌集で、前半は、大蔵史生倉橋豊蔭という身分の低い貴族を主人公とした歌物語の体裁をとっている。『伊勢物語』をはじめとする歌物語の系譜に属する作品であるが、主人公は作者である伊尹自身をもとに描かれている。この作品が、伊尹の経験した恋愛にまつわる贈答歌を年代順に並べたものであることからも分かるように、伊尹は恋愛の経験が豊富であり、恋愛を巧みに詠んだ歌人であるといえる。

ちなみに、伊尹の孫の藤原行成《ゆきなり》は能書家として有名で、書の三蹟《さんせき》の一人である。行成は、伊尹の邸宅があった場所に世尊寺《せそんじ》を建立したため、行成の書道の流派は世尊寺流と呼ばれる。

46 「梶」を失った恋はどこへ向かうのか？

曾禰好忠《そねのよしただ》——生没年未詳。一〇世紀後半に新風歌人として活躍。丹後掾だったので「曾丹」「曾丹後」と称された。

由良の門《と》を渡る舟人梶《かぢ》を絶《た》え 行方も知らぬ恋の道かな

[現代語訳]
由良の流れの速い瀬戸を漕ぎ渡っていく船頭が、櫂《かい》をなくして行方も知らず流されていくように、どこへどう進むかもわからない、わたくしの恋の道であるよ。

Crossing the Bay of Yura
the boatman loses the rudder.
The boat is adrift,
not knowing where it goes.
Is the course of love like this?

由良の門は、紀伊（和歌山県）とも、丹後（京都府北部）ともいわれるが、どちらかは判然としない。定家に和歌を学んだ順徳院が著した『八雲御抄《やくもみしょう》』という本には、紀伊の地名とある。それに対して、江戸時代の国学者契沖《けいちゅう》は、好忠が丹後掾《たんごのじょう》であったことを理由に、丹後の由良とした。

『百人一首』の歌としては紀伊の地名として読むのが穏当かとも思うが、平安時代後期にも丹後の由良かと疑われる歌が詠まれており、どちらかに確定することは難しい。

「梶を絶え」は、舟を漕《こ》ぐ櫂《かい》つまりオール（方向を定める方向舵《だ》ではない）をなくすこと。ただし「梶緒」（梶をつなぐロープ）という解釈も新古今時代頃からあり、この歌の解釈は一筋縄ではいかない。ひょっとすると、定家も「梶緒」と理解していたかもしれないが、現代語訳ではひとまず「を」を格助詞と見なした。

この歌には、巧妙な隠喩が仕掛けられていると思う。初句で由良に場面が設定され、二句でその瀬戸を漕ぎ渡る舟人の存在が提示される。三句でその舟人が櫂を失い、四句に至って行方もわからず流されてゆく状況にあることがようやく見えてくる。しかしこの歌はそこで終わらない。ここまでに読んできた舟人の物語は実は隠喩であり、結句でこれが「恋の道」の話であることが明かされるのだ。歌を読み進めるごとに一つ一つ明かされていく情景が積み重なったその先に、全てが伏線であったと種明かしされる。この構造は英詩に慣れ親しんだ私にはとても巧みであると感じられる。その上、この歌の場合は、隠喩の部分である舟人のありさまと、喩えられている恋に悩める姿とがぴったりとくる点も素晴らしい。両者の合致がこの隠喩をこの上なく効果的であるように感じさせる。

ところで、出典の『新古今集』では、この歌の二首あとに、「かぢをたえ由良のみなとによる舟のたよりも知らぬ沖つ潮風」という九条良経《くじょうよしつね》の歌が載る。良経の歌は、この歌を本歌取りしたもので、櫂を失い、由良の港に漕ぎ寄る手段もわからない舟のように、想いを寄せる相手に近づく方法もわからないということが詠まれている。「行方も知らぬ恋の道かな」と直接的に表現するこの歌とは対照的に、良経の歌では、「かぢをたえ」や「由良」といった、この歌を連想させるような語を散りばめることによって、わずかに恋の歌であることを示唆する程度だ。逆に言えば、本歌があるからこそ、良経の歌を恋歌として解釈できるということでもある。

恋をすると相手に振り回されてしまい、自分の思い通りにならないというのは世界共通のことだ。それを、説得力のある隠喩によって、櫂を失ってどこへ向かうかわからない舟人に重ねるこの歌は、西洋でも評価され得る素晴らしい歌の一つであると思う。

47 「八重葎」が表す屋敷の変化とは？

恵慶法師《えぎょうほうし》

——生没年未詳。『拾遺集』歌人として一〇世紀後半に活躍。播磨国分寺（兵庫県）の講師だったとされる。

八重葎《やへむぐら》茂れる宿のさびしきに　人こそ見えね秋は来にけり

How lonely this villa
has become, overgrown
with vines and weeds.
No one visits me—
only autumn comes.

［現代語訳］
幾重にも葎が生い茂っている寂しい宿に、人は誰も訪れて来ないけれども、秋だけはやって来たことであるよ。

『拾遺集』の詞書によれば、この歌は河原院《かわらのいん》で詠まれたらしい。河原院は源融《とおる》の邸宅で、風流の限りを尽くした豪華な大邸宅であった。庭は奥州塩釜《しおがま》（宮城県）に寄せて作られたと言われる。池を掘って実際に海水を運び、海の魚を泳がせていたという逸話には驚くしかない。贅沢《ぜいたく》に趣向を凝らした河原院について、『伊勢物語』八一段にこんな話が載る。冬に源融は親王たちを集めて、河原院で宴会をしていた。貴族たちは次々に邸宅の素晴らしさを讃える歌を詠む。最後に乞食の老人が、「塩釜にいつか来にけむ朝なぎに釣りする舟はここに寄らなむ（塩釜にいったいいつ来たのだろうか。朝凪《あさなぎ》のときに釣りをする舟はここに寄ってほしいものだ）」と詠んだ。日本中で塩釜ほど素晴らしい場所はない。老人の詠んだ歌は、その塩釜を模した庭を持つ河原院の素晴らしさを称賛したものなのである。

しかし、今回の和歌からはその河原院の輝かしさは伝わってこない。葎は蔓草《つるくさ》の総称。「八重葎」は蔓草が鬱蒼《うっそう》と生い茂っているさまを言う。「八重葎」は邸宅や庭の荒れ果てた様を表す代名詞と言ってもよい。そのような寂しい宿に、さらに人の訪れもない。しかし、秋だけは変わらずにやってくる。人の世は移り変わり、かつて栄華を誇った邸宅が荒廃したとしても、自然の巡りだけは不変なのである。秋の到来は、荒れた宿のもの悲しさをいっそう引き立てるだけであろう。

京都に移り住んだとき、人生で初めて、庭をつくることに考えを巡らせねばならなくなった。私は、中村清草園の中村廣良氏に作庭を頼んだ。彼は素晴らしい美的感覚を持っていて、私たちはすぐに庭づくりを開始した。竹林の中に住んでいると、毎年、竹を間引かねばならない。中村氏は、間引いた竹から趣のある穂垣《ほがき》をつくってくれた。

近頃は、『万葉集』や、その他の和歌や俳諧に詠まれる花々を植えようと計画していて、先日も、桂や山桜などを買いに富山の直売所に行ってきた。けれども、私はチューリップなどの西洋の花々も買ったのだ。それらを前庭に植えようとしたら、友人に「今は庭をつくっているんだ！ガーデニングをしてるんじゃない」と言われた。京都で庭をつくるということは、日本庭園をつくるということであり、千年の時を経ても、庭の文化の中心はなお京都なのだと悟った。

結局、私はチューリップたちを書斎に面した裏庭に植えた。書斎では、アイルランドの実家のことを思い出し、前庭で客人を出迎えるときは、苔《こけ》と竹が主役の、私の京都の庭に案内するのだ。こんな風に、アイルランド人としてのアイデンティティーを大切にする一方で、日本庭園も堪能している。しかし、さほど世話を焼くわけではないので、河原院の庭のように、すぐに草木が生い茂ってしまうのだ。かの庭のように、文学作品に残る庭園をつくるべく、私の終わりなき執筆活動は続く。

48 「岩」に重ねられているのは誰か？

源重之《みなもとのしげゆき》 ――九四〇年頃～一〇〇〇年頃。清和天皇の曾孫。三十六歌仙の一人。

風をいたみ岩うつ波のおのれのみ 砕けてものを思ふころかな

Blown by the fierce winds,
I am the waves that crash
upon your impervious rock.
Though my heart shatters,
my love rages yet.

［現代語訳］
風が激しいので、岩に打ち当たる波の、波だけが砕け散っていくように、私だけが心も砕けてもの思いをすることの頃であるよ。

「風をいたみ」の「いた」は形容詞「いたし（甚だしい）」の語幹である。「○○を＋形容詞の語幹＋み」の形はミ語法と呼ばれ、「○○が～で」「○○が～なので」という意味になる。つまり、「風をいたみ」は風が激しいので、ということだ。初句から二句にかけての「風をいたみ岩打つ波の（一説には三句目の「おのれのみ」まで）」は、「砕けて」を導くための序詞になっている。

この歌において、激しい風に吹かれて岩に打ち当たり、砕け散っていく波に重ねられているのは、ひとり恋のもの思いに乱れる我が身であり、打ち当たる波にも動じることのない岩には、つれない恋の相手が重ねられている。比喩表現を用いて、風景と心情を重ね合わせる詩的な歌で、こうした修辞の使い方は、英語の詩においても非常に高く評価される。例えば、英国の詩人キャロル・アン・ダフィの詩にも、波をメタファーにした秀逸な技巧を感じられる。

源重之の歌に戻ろう。この歌は、出典である『詞花集』の詞書から分かる通り、皇太子だった頃の冷泉天皇に献上した百首歌《ひゃくしゅうた》に含まれる歌の一つだ。百首歌とは一〇〇首の和歌を集めたもので、一人の歌人が一〇〇首の歌を詠む場合もあれば、複数人の歌を集めたものもある。九六〇年頃に曾禰好忠《そねのよしただ》が創始したと言われるが、盛んになるのは平安後期の『堀河百首』からである。これ以降、和歌の形式の一つとして流行し、その中でもさまざまな形式が生まれた。『百人一首』もその一つだ。一方、重之の『重之百首』は平安時代中期で、百首歌の中でも最初期の例の一つといえる。

ところで、『重之百首』は「百首」という名前がついているものの、実際の歌数は一〇三首ある。田渕句美子「『百人秀歌』とは何か」（『百人一首の現在』青簡舎、二〇二二年）によれば、『重之百首』以外にも『好忠百首』『登蓮恋百首』など、一〇〇首以上ある百首歌は多く、「百」を冠していない私家集などでも、『素性集』『斎宮女御集』など、歌の数が一〇一～一〇二首となっているものが少なくないという。百という数字は厳密に絶対的なものではなく、百を少し超えても百と称するのは許容範囲だったのではないかということだ。田渕氏がこの論文で論じているのは、『百人一首』の原型と考えられている藤原定家による秀歌撰『百人秀歌』についてだが、これも「百人」と言いながら一〇一首ある。これは定家が当初自分の歌を入れておらず、この秀歌撰を贈った相手である蓮生《れんしょう》(宇都宮頼綱《よりつな》)の依頼で、自身の詠歌を後から追加したためという。『百人一首』はぴったり一〇〇首なので、現代の私たちはそういうものだと思いがちだが、昔の人はおよそ百あれば良しとしていたようだ。昔の日本人のおおらかさが垣間見えて、興味深い。

49 「篝火《かがりび》の炎」に何を見たのか？

大中臣能宣朝臣　おおなかとみのよしのぶあそん

九二一〜九九一年。大中臣氏は代々、伊勢神宮の祭主をつとめた。『後撰集』の撰者の一人。三十六歌仙の一人。

みかきもり衛士《ゑじ》のたく火の夜は燃え　昼は消えつつ物をこそ思へ

This troubled heart of mine
is like the watch fire of the guards
of the palace gate—
it fades to embers by day,
but blazes up again each night.

〔現代語訳〕
宮中の門を守護する衛士の焚く篝火が、夜は燃えて昼は消えるように、わたくしの恋心も、夜は燃え上がり、昼は消え入るかのようで、物思いに沈んでいます。

「御垣守《みかきもり》」は直後の「衛士」へと続けて、「宮中の門を守る衛士」の意。衛士は、諸国の軍団から徴集され、都の警固を一年間つとめる人々のこと。和歌には珍しい漢語であるが、菊などと同様、ほとんど和語と同じような感覚の語だったのだろう。

平安時代の夜は暗い。ほとんど月明かりしかない。そのようななか燃え上がる篝火の炎は、印象的であっただろう。それを恋心にたとえた。

私は、この歌が『百人一首』中で最も素晴らしい歌の一首だと思っている。恋心と自然（火）の描写の調和は実に見事だ。そうして詠まれた恋心の普遍性は、読み手の心に深く染み入るものに違いない。

さて、この歌の作者は、出典の『詞花集』によって能宣とされるが、ほかの人物の歌として記す本もある。その真偽をここで論ずることはできないが、確実に能宣の作とされる歌を鑑賞してみたい。

いかでいかで恋ふる心を慰めて後の世までの物を思はじ（『拾遺集』）

（現代語訳：どうかどうか、恋い慕う心をすっきりさせて、来世まで執着する心を残さないようにしたい）

非常に素直な歌だが、美しいリズムを刻み、少ない言葉に思いが詰まっている。中でも興味深いのが「後の世」という言葉だ。輪廻《りんね》転生思想の来世を指すが、「後の世」というと宗教的な雰囲気が弱まり、日常生活になじむように感じる。

待てといひし秋もなかばになりぬるを頼めかおきし露はいかにぞ（『後拾遺集』）

（現代語訳：あなたが秋まで待てと言った、その秋も半ばになったのに、期待させてくれたあの露ほどの（少しの）言葉はどうなったのですか）

「秋になったら『露ばかり』お付き合いしましょう」と言った女に、秋半ばの旧暦八月ごろに贈った歌。「露」は女の「露ばかり」の語を踏まえ、女からの「ほんの少し」の言葉を意味し、「秋」や「置く」と縁語の関係にある。はかない恋の感情を遠回しに伝えようとする、技巧的な歌だ。

いづかたをわれながめましたまさかにゆき逢坂《あふさか》の関なかりせば（『後拾遺集』）

（現代語訳：たまたま行き会った逢坂の関がなければ、私はどこをあなたの向かった方角だと思って眺めたことだろうか）

詞書によれば、逢坂の関で、能宣がひそかに通っていた女性が別の男性と地方に下るところに遭遇し、女性に贈った歌だ。女性は「ゆき帰りのちに逢ふともこのたびはこれより越ゆる物思ひぞなき（行って帰ってきて、後であなたに逢うことができたとしても、今回はこれを越える悲しみはありません）」と返した。互いが悲しみを表明し、相手の心により深い悲しみをかきたてている。

このように同じ恋の歌でも、能宣の詠み方はさまざまである。『百人一首』をきっかけに、歌人への関心を深めていくのも楽しい。

50 「長くもがな」に込められた思いとは？

藤原義孝《ふじわらのよしたか》――九五四～九七四年。一八歳で正五位下、一九歳で右少将になった。美男子として知られる。

君がため惜しからざりし命さへ　長くもがなと思ひけるかな

I thought I would give up my life
to hold you in my arms,
but after a night together,
I find myself wishing
that I could live forever.

［現代語訳］
あなたに逢うためなら惜しくない、そう思っていた私の命なのですが、逢瀬から帰った今は、その命まで急に惜しくなって、少しでも長く生きていたいと思うようになりました。末永く一緒にいたいと思っています。

今回の和歌は、後朝の歌だ。後朝の歌とは、男女が逢瀬を果たした翌朝に贈る歌のこと。当時の恋愛は、男性が女性のもとへ通う形で行われた。同居しているわけではないため、朝になれば男性は帰らねばならない。切ない朝の別れを「後朝の別れ」といい、別れた後に男性から女性へ贈る歌のことを「後朝の歌」という。さしずめ現代でいう、デートの後のメールやラインといったところか。当然、帰宅してすぐに贈るのが望ましいとされ、なかなか歌が贈られてこないと、女性は気を揉《も》むことになる。なぜそれを「きぬぎぬ」というのかというと、男女が共寝をするときに、二人ぶんの衣（衣衣《きぬぎぬ》）を重ねてかけて寝て、明け方別れる際にそれぞれの衣を着たことに由来する。

ここで、『古今集』から後朝に関係する歌を二首紹介する。まずは「衣衣」を詠んだ「しののめのほがらほがらと明けゆけばおのがきぬぎぬなるぞ悲しき」（詠み人知らず）という歌だ。この歌では、ほのぼのと夜が明ける頃、共寝の際に重ねて掛けていた衣をそれぞれに着て別れなければならないことの悲しさが詠まれている。もう一首は、恋多き歌人として知られる在原業平の後朝の歌。「ねぬる夜の夢をはかなみまどろめばいやはかなにもなりまさるかな（共寝をした夜が夢のように儚かったので、家に帰ってから微睡《まどろ》んでいると、ますます儚さが身に沁《し》みて感じられることよ）」。「人にあひてあしたによみてつかはしける」という詞書が付されている。なお、この歌は、『伊勢物語』の一〇三段にも見られる。

今回の歌の作者、藤原義孝の人生は短かった。義孝は藤原伊尹の子で、仏教への造詣が深く、信仰心が篤《あつ》かったという。しかし、二一歳のとき、当時流行した天然痘により若くして亡くなってしまう。彼がいかに信心深い仏教徒であったかは、死後の逸話によって知られる。彼は亡くなる前、法華経を唱えるために生き返るから、通常の火葬を行わないでほしいと母親に頼んでいた。しかし火葬されてしまったため、母の枕元に現れ、約束を破ったことを非難したという（『大鏡』）。

彼の短命と今回の歌に直接の関係は認められないものの、彼の短い生涯を知った上で鑑賞すると、一入《ひとしお》に心を打つことだろう。あなたのためならこの命を擲《なげう》っても構わない、そう思うほどに愛した女性にいざ会うと、そんな思いはどこへ行ったのか、やはり少しでも長くともにありたいと、なおも募りゆく恋心の変化に気づいてしまった。彼の願いとは裏腹に、その一生は儚かった。父・伊尹が亡くなった折、悲しみに暮れ出家を思い立つも、年来通った女性との間にできた子・行成を見捨てがたく、出家をとりやめた（『栄花物語』）。しかし、二年も経ずしてそんな妻や愛子《まなご》を置いて逝くことになる。彼の生涯を振り返ったとき、歌にある「長くともにありたい」という願いに胸がしめつけられる。

51 「さしも草」に喩えられた気持ちとは？

藤原実方朝臣《ふじわらのさねかたあそん》

——九六〇年頃～九九八年。藤原貞時の子。陸奥守となり任地で亡くなった。

かくとだにえやは伊吹《いぶき》のさしも草 さしも知らじな燃ゆる思ひを

Because my feelings
are too great to put into words,
my heart blazes like the moxa
of Mount Ibuki,
with a love you cannot know.

［現代語訳］
これほどまであなたのことを想っていると、言うことができるでしょうか、とてもできません。伊吹山のさしも草の「さしも」という音のように、あなたは私の燃えるような恋心をそれほどまでであるとは知らないのでしょうね。

藤原実方は、第二六番の作者・藤原忠平の曾孫で、清少納言の恋人としても知られる。左近衛中将という高い地位にあったが、九九五年に陸奥守に左遷され、その後任地で没した。鎌倉期の説話集『古事談』によれば、実方が藤原行成と口論の末、一条天皇の怒りを買い、「歌枕みてまゐれ」と言われて陸奥に追放されたという。勅撰集に六七首の歌が入集し、私家集『実方朝臣集』を残した。

「かくとだに」の「かく」は「このように」という意味の副詞。「えやは伊吹の」は「えやは言ふ（「言うことができるだろうか、いやできない」という意の反語）」と「伊吹（山）」が掛けられている。伊吹山は諸説あるが、現在の滋賀県にある山のことであろう。「さしも草」は蓬《よもぎ》の異名で、お灸《きゅう》に使う「もぐさ」と同じもの。「伊吹のさしも草」が下の句の「さしも」を導く同音反復の序詞となる。最後の「思ひ」の「ひ」には「火」が掛けられている。火は「燃ゆる」とともに「さしも草」の縁語となる。掛詞・序詞・縁語を用いた技巧的な一首だ。さまざまな工夫を凝らしながら、強い恋心を訴えている。

この歌の神髄は、第四九番、第五〇番の歌と同じく、燃えるような情熱を想起させる点にある。自分の感情をうまく表現することができないため、作者の愛は「もぐさ」のように密かにそしてゆっくりと燃えることしかできないのである。

日本の古典で火のイメージと言えば、富士山に重ね合わせて用いられることが多い。燃えるような感情を富士山の頂上の火に見立てている例は無数にある。平安時代の富士山は噴火を繰り返しており、頂上の火を、「思ひ」との掛詞としたのだ。実方の歌では、これと同じような「思ひ」の掛詞が使われているが、燃える頂上の代わりに燃える山の麓の草について述べている点が面白い。

ここで、恋と富士山をテーマにしている歌を『後撰集』から紹介してみたい。

恋をのみ常にするがの山なればふじのねにのみなかぬ日はなし（詠み人知らず）

（現代語訳：恋だけを常にする、駿河の山のような私なので、富士の峰（＝ね）のように、音（＝ね）を立てて泣かない日はありません）

「思ひ」の掛詞はないが、恋を「する」と「駿河」（富士山のある国）を掛け、「富士の峰」と「音に泣く」を掛けて、恋に泣くありさまを富士山と重ねている。

私たちは平安貴族と言うと、洗練されていて上品な人々というイメージを持ちがちだが、彼らは自分たちのことを、情熱的で常に燃えていると思っていたに違いない。

52 「朝ぼらけ」を恨めしいと思うのはなぜか？

藤原道信朝臣《ふじわらのみちのぶあそん》

——九七二〜九九四年。藤原為光の三男。和歌の才能で将来を嘱望されていたが、二三歳で亡くなった。

明けぬれば暮るるものとは知りながら　なほ恨めしき朝ぼらけかな

Though the sun has risen,
I know I can see you again
when it sets at dusk.
Yet even so, how I hate
this cold light of dawn.

［現代語訳］
夜は明けたら、また暮れるものだとはわかっているのだが、あなたと別れなければならないと思うと、やはり恨めしく思われる明け方であることだ。

恋の歌が続く。今回の和歌も、第五〇番などと同じ「後朝の歌」である。繰り返しになるが、後朝の歌とは、男性が女性のもとに通って想いを遂げたあと、翌朝帰ってから女性に贈る歌のこと。朝になれば男性は帰らなければならない。その別れの辛さを詠んだ歌である。

朝になれば、また夜になる。朝と夜とが繰り返されるのはいたって当たり前で、夜になれば女性に再び逢うことができる。そんなことは作者ももちろん分かっているのだが、それでもなお、別れなければならない朝方は切なく、心はついてこない。平易な表現でストレートに心境を詠むことで、別れの名残惜しさを印象的に表現している。

詩歌の翻訳は難しい。理由はたくさんあるが、そのうちの一つに、言語化されていない文化をどう扱うかという問題がある。この歌は、意味の取りやすい「簡単な歌」だ。複雑なレトリックは使われていないし、表現も非常にストレートだ。ただ、「通い婚」と呼ばれる平安時代の結婚制度が、暗黙の前提になっている。夜しか会えず、明け方には別れなければいけない。歌では説明されないが、当時の読者にとっては当然だった。

そこで二カ所、言葉を補った。英文二、三行目の「日が沈むとまた会えるよ」の一文。散文的にならないように気をつけながら、文化的背景の情報をさりげなく加えることは、腕の見せ所である。

もう一つは、「夜明け」の前に「寒い」を加え、心理的な寒さの意味も持たせるようにした。原文にはないが、詩人の心情を伝えるのに役立つ。このようなささいな作業が翻訳をする上で大事なのだ。

さて、このような自分の思いが叶わないことへの恨み言を詠った藤原道信は、和歌に秀で、非常に才能が豊かだったが、二三歳という若さで亡くなった人物である。この若さで多くの和歌が残っていることを考えると、道信が長寿であれば、和歌の大家となっていただろうことが、想像に難くない。

道信は他にも、「うらみ」を詠った歌を残している。『大鏡』には、懸想していた婉子《えんし》女王が藤原実資《さねすけ》に嫁いだことを知り、歌を贈ったというエピソードが、道信の和歌とともに残っている。「うれしきはいかばかりかは思ふらむ憂きは身にしむ心地こそすれ（実資殿との恋が叶ったうれしさをどれほど感じているのでしょうか。あなたとの恋が叶わなかった私は、つらさが身に染みる心地ばかりがします）」。自分のことを選んでくれなかった相手を恨む、女々しくウェットな歌である。どことなく現代的な愛情の示し方ではないだろうか。

53 「色あせた菊」を歌に添えて贈ったのはなぜか？

右大将道綱母《うだいしょうみちつなのはは》

――九三七年頃〜九九五年。藤原倫寧の娘。『尊卑分脈』に「本朝第一美人三人内也」と記されている。

嘆きつつひとり寝《ぬ》る夜のあくるまは　いかに久しきものとかは知る

［現代語訳］
あなたがいらっしゃらないことを嘆きながら独りぼっちで寂しく寝る夜の長いこと長いこと。夜が明けるまで、ほんとうに長く感じますの。それをあなたはご存じでしょうか。

Someone like you
may never know
how long a night can be,
spent pining for a loved one
till it breaks at dawn.

この和歌は、勅撰集である『拾遺集』に入集しているが、もともとは作者が書いた『蜻蛉《かげろう》日記』の和歌である。どちらの作品にもこの歌が詠まれた背景が描写されているが、その内容は作品間で異なっている。

『拾遺集』では、「夫の藤原兼家《かねいえ》が作者の家を訪れたとき、屋敷の門がなかなか開かなかった。兼家は作者に『立ち疲れた』と不満を言ってよこす。そこで作者が詠んだ歌」であるとされる。しかし、『蜻蛉日記』では、作者は門を開けない。兼家を拒絶するのだ。

それにはもちろん理由がある。作者は兼家との間に道綱という子をもうけたが、道綱が生まれて間もなく、兼家は別の女性のもとに通い始める。それに激怒した作者は、兼家がやってきても門を開けず、会おうとしない。すると兼家は家の前から去り、別の女性のもとへ行った。作者は放っておくわけにもいかず、「移ろひたる菊（色あせた菊）」とともにこの歌を贈った。色あせた菊は、移ろってしまった兼家の心を象徴している。

さて、道綱母の和歌から、彼女の結婚生活をもう少しのぞいてみたい。

兼家が「わが恋は春の山べにつけてしを燃えいでて君が目にも見えなむ（私のあなたへの恋心が春の山辺で燃えている。あなたの目にも見えるでしょう）」という和歌を詠んだときには、「春の野につくる思ひのあまたあればいづれを君が燃ゆとかは見む」という和歌を返す（『後拾遺集』）。これは「恋の火はたくさんあちこちで燃えているので、どれがあなたの私への思いなのか分かりません」という趣旨の返答である。浮気な兼家を皮肉ったのである。出来栄えは素晴らしい歌だが、このように言い切られてしまっては、男性は返答に困る。道綱母の手ごわさを感じる一首である。

また、兼家の訪れが途絶えがちになった頃は、「柏木のもりの下草暮れごとになほ頼めとや漏るを見る見る（柏木の森の下草が雨に濡《ぬ》れてしずくが漏れるのを見るように、私もあなたの訪れがなくて涙にくれています。それでもなお、夕暮れごとにあなたの訪れを当てにせよとおっしゃるのでしょうか）」と詠んだ

（『蜻蛉日記』）。兼家はこのとき「柏木」という異名を持つ役職についており、それを和歌に取り入れた道綱母の知性が感じられる。

さらに、兼家が八重の山吹を贈ったときには、「誰かこの数は定めし我はただとへとぞ思ふ山吹の花（誰が山吹の数を八重だと決めたのでしょうか。私はひたすら「十重《とえ》」、つまり私のところに「訪《と》え」と思う、山吹の花です）」と返した。数を用いて来訪への願いを表していて、機知に富み、ユーモラスな発想である。

彼女が残した和歌は、激しく兼家を非難しながらも、それを優美で文学的なレトリックで包摂している。強靱《きょうじん》な性格と優れた知性を併せ持つ道綱母は、挑戦しがいのある恋人であったことだろう。

54　恋の絶頂期になぜ「不信感」を詠んだのか？

儀同三司母《ぎどうさんしのはは》——生年未詳～九九六年頃。高階成忠の娘で名は貴子、通称は高内侍。藤原伊周の母。

忘れじの行《ゆく》すゑまではかたければ　今日をかぎりの命ともがな

You promise you'll never forget,
but to the end of time
is too long to ask.
So let me die today—
still loved by you.

［現代語訳］
「ずっと君のことは忘れまい」というあなたの言葉は、いつまで有効でしょうか……。遠い将来のことはあてにできません。ですので、あなたからそう言っていただけた今日が、いっそ最後の命の日であったなら良いのに、そう思っています。

前回に続いて恋歌である。現代のラブ・ソングも同様だと思うが、恋の絶頂期は歌に詠まれない。お互いのことを深く思い合っている、順調な恋で楽しい、などと詠むような歌はまずない。

今回の歌は、相手が「絶対に忘れない」というのだから、幸福の絶頂にいるであろう。それにもかかわらず、作者はその言葉が永遠だとは信じられない、と詠む。幸福の中にありながら、恋人の未来の心変わりを憂い、そのいつかを迎えることなく、今この幸せの中で死んでしまいたいという。あえて男性一般への不信を表すことで、相手への強い愛情を詠む知的な歌だ。

実際には、作者の儀同三司母すなわち高階貴子は、この歌の相手である藤原道隆の妻となり、「儀同三司」と呼ばれる藤原伊周《これちか》や、一条天皇の中宮となる定子らを産んだ。歌の内容とは逆に、道隆が亡くなるまで添い遂げたのだ。

貴子は漢文の教養に優れた女性であり、夫の道隆とは恋愛結婚であったと考えられる。『大鏡』には、帝の御前の作文会に、女性でありながら呼ばれて、詩を作り評判が高かったと記されている。家格的には釣り合いの取れていない道隆と結婚し、添い遂げた背景には、貴子の教養の高さがある。

平安時代中期には、女性が漢文に秀でていることに否定的な記述も多くみられるが、同時代の女性歌人の中にも、漢詩の才に秀でている人物は多い。女性歌人の中で、和歌に秀でているが漢詩の教養がない、あるいは隠している人はいても、漢詩に秀でているが和歌は上手くないという人はあまり聞かないように思う。

漢文の教養を持った女性歌人として代表的な人物には、貴子の娘の定子、清少納言、紫式部らがいる。いずれも宮中で自らの教養を武器として、活躍した人物である。漢文の教養を持った女性のことを、可愛げがないとする風潮があったことは事実であろうが、宮中で張り合っていく上では、女性であっても漢文の教養は武器になったのだろう。

このように考えると、定子が漢文の才に秀でた清少納言を重用するなど、サロンの女房に漢文の教養を求めたのは、母である貴子の影響と考えられる。おなじく子である伊周も漢詩の名手であった。宮中において漢詩を作る能力が評判の、いわゆるキャリアウーマンとして活躍した貴子は、母親としても子どもにしっかりと教養を身に付けさせた、隙のない才女であったのだろう。

ここまで、才女としての貴子ばかりを語ってきたが、一方で子煩悩《こぼんのう》な一面も残されている。大河ドラマ「光る君へ」でも、貴子が大宰府に左遷される伊周に同行しようとしたり、病に倒れた母に会おうと、伊周が西国から引き返したりする場面があった。伊周と引き離される貴子や、病に伏す母に会うことが許されない伊周の様子は、中関白家の没落を象徴する場面といえる。

55 「滝」の流れを感じさせる技巧とは？

大納言公任《だいなごんきんとう》

――藤原公任。九六六～一〇四一年。藤原道長時代を代表する文化人で、漢詩・和歌・管弦に秀で、「三舟の才」と称された。『和漢朗詠集』の撰者。

滝の音《おと》は絶えて久しくなりぬれど 名こそ流れてなほ聞こえけれ

The waterfall
has dried up
and not
made a sound
since ancient times
but its fame
flows on
and on—
and echoes
still today.

〔現代語訳〕
滝の音は途絶えてから長い歳月が過ぎたけれど、その評判は流れ続けて今もなお伝わっていること。

この歌の出典は『千載集』であるが、『拾遺集』にも公任の同じ歌が見える。ただし、『拾遺集』は初句が「滝の糸は」であり、滝から流れる水を糸に見立てた表現となっている。

歌に詠まれた滝は、嵯峨天皇の離宮跡である大覚寺にある滝殿の滝のことで、名勝として知られていたという。「名」は名声や評判の意。また、「絶え」「流れ」「聞こえ」は滝の縁語になっている。さらに、初句・二句の頭は「た」、三句・四句・結句の頭は「な」を重ねて頭韻を踏んでおり、技巧が凝らされた歌であると言えよう。同じ音の繰り返しが滝の流れを感じさせ、遊び心に満ちている。

今回の新訳は、かるたの時の五行詩とは形を変えて縦に長く配置した。滝が流れる様を視覚的に表現しようという狙いだ。また以前の訳では、滝の音が今は聞こえていないことにフォーカスしていたが、新訳では滝もその音も途絶えてから長い年月が経ったが、なお名前だけが聞こえていると、より元の歌に近い訳にした。

先日、大覚寺にある「名古曾《なこそ》の滝跡」を訪れた。滝の跡地は分かりやすいものではないが、石を組むことによって滝の流れを偲んだのだろう。当時から、絶えた滝の流れのみならず、石組もまた評判であったという。枯山水でも、石で山や川などさまざまなものを表現する連想が用いられているから、大変日本的な考え方だと思う。そして、公任の時代にすでに枯れていた滝が、江戸時代の『百人一首』のかるた遊びの流行とともに、「名古曾の滝」と呼ばれるようになり、今でも知られていることは面白い。今に伝わるのは滝の跡だけではない。大沢池を含む美しく広大な庭にもまた、嵯峨天皇の時代の面影が残っている。加えて、門跡寺院である大覚寺には御所から移築した建物も多く、お寺でありながらも平安王朝さながらの雅びさを随所に感じられるのだ。

ところで、西洋に、オジマンディアスの遺跡についての詩がある。オジマンディアスは古代エジプトの王のひとり、ラムセス二世のギリシャ語名である。近国ヒッタイト王国と戦ったカデシュの戦いで、世界初の平和条約を結んだ人物だ。一時水没の危機に陥ったことでも有名な世界文化遺産アブ・シンベル神殿を築いたことでも知られている。P・B・シェリーの「オジマンディアス」は、彼は偉大な王であったが、その跡には石以外に何もなく、ただ砂漠が広がっていると詠んでいる。いくら威光が強くても残りはしないという人の儚さが想像力豊かに詠まれている。松尾芭蕉の「夏草や兵《つわもの》どもが夢の跡」も近い発想だが、西洋ではこのように「残らない」ことを詠んだ詩が多い。「名前が残る」ことを詠む今回の歌とは対照的である。名を寿《ことほ》ぐ、そこに呪的な要素を見いだすのは日本文化の特徴であろう。

和歌の文化がこれからも絶え間なく流れていくことを祈りたい。

56 「恋多き女」が死を覚悟しながら歌を贈った相手とは？

和泉式部《いずみしきぶ》

九七六年頃〜一〇三〇年頃。大江雅致の娘。橘道貞と結婚して小式部を生む。恋多き女性として知られ、後に為尊親王・敦道親王と恋愛。藤原保昌と再婚する。

あらざらんこの世の外《ほか》の思ひ出に 今ひとたびの逢ふこともがな

As I will soon be gone,
let me take one last memory
of this world with me—
may I see you once more,
may I see you now?

［現代語訳］
私は死んでこの世を去っていくでしょう。あの世への思い出として、もう一度あなたに逢うことが叶えばいいなあ。

この歌の出典である『後拾遺集』の詞書によれば、病床から恋の相手に贈った歌で、死を覚悟しながらも、その前にもう一度恋人に逢いたいという痛切な願いが詠まれた歌である。作者の和泉式部が恋多き女性として知られていたこともあり、この歌を贈った相手を藤原保昌《やすまさ》や橘道貞《みちさだ》とする説があるものの、実際のところは不明だ。

「あらざらん」は、自らが死んでこの世に存在しなくなるであろうという意で、二句目の「この世」にかかっている。「この世の外」は死後の世界、来世のことで、「もがな」は願望の終助詞である。この初句で表現される切迫した死の瞬間は、修辞的な誇張表現かもしれないが、哀愁を漂わせ、この歌を強く印象づけるものとしている。

和泉式部は優れた歌人でもあり、個性的な歌を数多く詠んでいる。いくつか紹介してみたい。

刈藻《かるも》かき臥猪《ふすゐ》の床のゐを安みさこそねざらめかからずもがな（『後拾遺集』）

（現代語訳：枯れ草をかぶって床に伏し、安らかに眠る猪《いのしし》ほどは熟睡できないとしても、ここまで眠れないということがなければ良いのになあ）

実に美しく独創的な歌だ。この歌は、自身が眠れないということと、枯れ草で寝床を作り、よく眠るとされた猪とを対比している。身分のある女性が自分と野生の猪とを比べるのはとても斬新だ。

黒髪のみだれも知らず打臥せばまづかきやりし人ぞ恋しき（『後拾遺集』）

（現代語訳：黒髪が乱れるのもかまわずに横になると、私のこの髪をまずかきやってくれたあの人のことが恋しく思われる）

この歌は単に男性を恋い慕う歌ではなく、初めて床を共にした男性が髪をかきやってくれた感触をまたもう一度と、再会を願うものだ。具体的な経験を取り入れた言葉に生々しいリアリティーを感じる。無邪気さと艶っぽさとの組み合わせによって、時代を超えた力をもつ歌になっている。

のどかなる折こそなけれ花を思ふ心のうちに風はふかねど（『続後拾遺集』）

（現代語訳：花を思う心は、落ち着く時がない。心の中は、現実の桜の花と違って風が吹くことはないのに）

これは平安時代の和歌の古典的な詠み方で、第三三番の紀友則の歌に非常に近い。しかしこの歌はさらにひとひねりして、心の中に吹く風にまで触れているのが趣深い。

ほんの数首を見るだけでも、和泉式部がとても独創的で、深い感情を美しく表現した歌を多く詠んだことがわかる。紹介した歌はいずれも、『百人一首』の歌よりもさらに素晴らしいとさえ感じた。どの歌も詩的で、現代に通じる魅力があり、和泉式部という歌人の非凡さを感じさせてくれる。

57 「月の歌」か、「恋歌」か、それとも……？

めぐりあひて見しやそれともわかぬまに雲がくれにし夜半《よは》の月かげ

紫式部《むらさきしきぶ》

——九七〇年頃～一〇二〇年頃。藤原為時の娘。夫を亡くした後、一条天皇の中宮彰子に出仕し『源氏物語』や『紫式部日記』を記した。

Just like the moon,
you had come and gone
before I knew it.
Were you, too, hiding
among the midnight clouds?

［現代語訳］
久しぶりに幼馴染に会ったのに、会ったのがその人だとも分からない、そんな短い間に、まるで雲に隠れてしまった夜半の月のように、あわただしくお帰りになってしまった。

出典である『新古今集』の詞書や現代語訳を読む前に、この歌を素直に読んでほしい。「めぐりあって、見たのがそれだというのも分からないような短い間に、雲隠れした夜半の月影（のように姿が見えなくなった）」。あなたは月の歌として読んだのではないか。あるいは恋歌として読んだのではないか。

けれどもこの歌は、詞書によって、単なる月の歌でも、恋歌でもないことが知られる。おそらくは作者と同様の受領《ずりょう》（諸国の長官）階級の幼なじみは、久しぶりに帰京したところでばったり作者と出会った。積もる話はたくさんあるのに、家では心配している家族が待っているから、そうそう長居もできない。詞書には「十日」とあるので、月は夜中に早々と西へ沈む。その月と競うかのように帰宅してしまった。そんな友人への思いを詠んだ歌である。なお、結句を「夜半の月かな」とする本文も伝わる。

この歌を詠んだ紫式部は『源氏物語』の作者として知られている。『源氏物語』は、主人公光源氏や彼と関わる女性たちの様々な人生が綴《つづ》られた物語であり、皆さんも『源氏物語』＝光源氏の恋や栄華の話というイメージをお持ちのことと思う。では、『源氏物語』の中には随所に素晴らしい歌が散りばめられていることはご存じだろうか。私は、『源氏物語』は物語の内容だけでなく、歌も含めて優れた作品であると思う。特に、男君と女君の恋が盛り上がる場面をはじめ、物語がクライマックスに差し掛かると、決まって歌が効果的な役割を果たしている。今回は、私が気に入っている『源氏物語』の贈答歌を紹介したい。

朱雀院行幸の試楽（リハーサル）で、頭中将《とうのちゅうじょう》と共に青海波《せいがいは》という舞を披露した翌朝、光源氏が父桐壺帝の妻（女御、後に中宮）である藤壺に贈った「ものおもふにたちまふべくもあらぬ身のそでうちふりし心しりきや（あなたを思うもの思いのために、立って舞うこともできそうにないわたしが、袖を振って舞った気持ちを察してくださいましたか）」という歌。光源氏は藤壺に秘かに思いを寄せており、藤壺を思うあまり乱れ心地になりながらも藤壺のために舞ったことを、袖を振って訴えたのである。藤壺の返歌は「から人のそでふることはとほけれどたちゐにつけてあはれとは見き（唐の人が袖を振って舞ったという故事はよく知りませんが、（あなたの）舞の一つ一つの動きにつけて、しみじみと拝見いたしました）」。この返歌を受け取った光源氏は、感動とうれしさのあまり、藤壺からの文を持経（常に身につけ、大切にする経典）のように引き広げて見入るほどであったという。

今回の歌は、歌人の感性の豊かさを実に感じる歌である。姿を消す友人は、姿を消してしまえば出来事としてはそれで終わるのだが、この歌はその友人を雲に隠れる月になぞらえている。自然の風景と自分の心との詠み合わせが実にマッチしており、魅力的だ。

58 「そよ」に込められた二つの思いとは？

大弐三位《だいにのさんみ》
――九九九年頃〜一〇八二年頃。紫式部の娘。藤原兼隆の妻となり、後冷泉天皇の乳母を務める。のちに高階成章と再婚する。

有馬山《ありま》ゐなのささ原風吹けば　いでそよ人を忘れやはする

〔現代語訳〕
有馬山の近くの猪名《いな》の笹原に風が吹くと、そよそよと音がする。その「そよ」ではないけれど、さあそれですよ、あなたは私の気持ちを疑っているみたいですが、疑いたいのはむしろあなたの方。私があなたのことを忘れるわけがないじゃありませんか。

Blown down from Mount Arima
through Ina's low bamboo
the wind whispers,
'I swear of my love—
How could I forget you?'

有馬山は摂津国（兵庫県）の山。猪名《いな》はその近くの地名。「その笹原に風が吹くと」という第三句までが序詞になっている。出典の詞書からは、しばらく連絡がなかった男が「心変わりしたのではないかと気がかりだ」と言ってきたので詠んだ歌であるとされる。

第四句の「そよ」は「その通り」「言った通り」といった意味で、英訳では、「I swear of my love」とした。「そよ」は「私はあなたを愛してやまない！」という作者のメッセージだけでなく、そよそよと風が葉を揺らす優しい音を表現したオノマトペでもあり、音の表現こそがこの歌のポイントであると思う。翻訳でも、「low」「wind」「whispers」「swear」という似たような音を用いることで、この歌の聴覚的な特質を再現しようと試みた。一方で、この歌では、山や笹原を吹き抜ける風など、視覚的な要素も美しく表現されている。

さて、今回から二回にわたり、藤原定家が『百人一首』を選んだ場所とされる時雨亭について取り上げたい。嵯峨には、第二六番「小倉山」の歌で紹介した常寂光寺のほかに、時雨亭の跡と伝えられる場所が二つある。そのうちの一つ、厭離庵《えんりあん》を今回は紹介する。

厭離庵は、如意輪《にょいりん》観音をご本尊とする臨済宗のお寺。先日、同寺を訪れ、ご住職の大澤玄果さんにお話を伺うことができた。大澤さんによれば、現在では時雨亭があった本当の場所はわからず、江戸時代の都名所図会《みやこめいしょずえ》によって、時雨亭跡であると言われるようになったそうだ。そもそも、定家の嵯峨の山荘というのは、平宗盛《むねもり》が嵯峨に所有していた山荘を定家が譲り受けたもので、その近くに定家の息子・為家の岳父である宇都宮頼綱（蓮生）の山荘もあったと考えられるそうだ。

大澤さんとしては、厭離庵は恐らく頼綱の山荘の跡ではないかと考えているという。頼綱の山荘は、後に為家に譲られた。為家は晩年家督を譲り、嵯峨で暮らしていたために、頼綱の山荘が残ったのではないかということだ。定家の山荘は、定家自身が存命中に他の人に譲ったのか、処分したのか定かではない。ひょっとすると為家が頼綱から譲り受けた山荘の方のみを残したということなのかもしれない。

為家が晩年を過ごした嵯峨の山荘の跡地は、江戸時代中期にお寺として開かれ、その場所や記憶を留めることができた。「厭離庵」という名前は、和歌や書に長《た》けた霊元天皇から賜ったものだそうだ。

厭離庵は紅葉の名所でもあり、紅葉シーズンには一般公開もされている。厭離庵の紅葉は、あの龍田川の紅葉同様に、まさに「神代」でも聞いたことがないような美しさだ。私はその美しさのあまり、魂を奪い取られそうになってしまった。

59 穏やかに表現された「悲しみ」とは？

赤染衛門《あかぞめえもん》

――九五八年頃～一〇四一年頃。赤染時用の娘と言われるが、平兼盛の娘との説もある。大江匡衡の妻。

安らはで寝なましものを小夜《さよ》ふけて かたぶくまでの月を見しかな

［現代語訳］

あなたが来ないとわかっていたら、ためらわないで寝てしまっただろうに、あなたの訪れを待ち続けたばかりに、夜が更けて、とうとう西へ傾いていく月さえも見てしまったことですよ。

I should have gone to sleep
but, thinking you would come,
I watched the moon
throughout the night
till it sank before the dawn.

平安時代の恋は通常、男性が女性のもとへ通うものであった。その日に逢うか、逢わないかの主導権は男性にある。来てほしいと訴えることはできたとしても、女性は男性の訪れを待つしかないのだ。出典である『後拾遺集』の詞書によると、作者の姉妹に対して、来るといっておきながら結局来なかった男性がいたらしい。姉妹に代わって待つ女性の悲しみを詠みかけた歌である。「安らはで」は「ためらわないで」の意。はじめから来ないとわかっていれば、今か今かと待つことなく寝てしまえばよかった。来ると言われたばかりに、明け方に月が沈みそうになるまで待つことになってしまった。男性を強く恨んだり、批難したりはしない。女性のがっかりした気持ちが、穏やかに表現されている。

赤染衛門は、和泉式部（第五六番）や紫式部（第五七番）と同時代に、一条天皇の中宮・彰子に女房として仕えていた。「中古三十六歌仙」「女房三十六歌仙」に名を連ねるなど、歌人としての評価は高い。勅撰集に九三首が入集しているのみならず、『紫式部日記』において「恥づかしき（こちらが恥ずかしくなるほど素晴らしい）」詠みぶりであると評されているほどである。また彼女は、藤原道長の栄華を描いた『栄花物語』正編の作者（共著者）ともされている。

さて、ここからは前回に引き続き、藤原定家が『百人一首』を選んだ場所とされる時雨亭についてお話ししたい。今回紹介するのは、二尊院だ。

二尊院は嵯峨天皇の勅願によって建立されたお寺。摂関家の二条家、鷹司家といった公家の菩《ぼ》提《だい》寺でもあり、上皇陛下も二度いらしている。ご住職の羽生田実隆さんによれば、二尊院は大覚寺よりも小倉山の近くにあることから、嵯峨天皇がゆっくり過ごすための場所だったのではないかという。また、一般的なお寺とは異なり、二尊院が城壁づくりのお寺であることも教えてくださった。例えば、通常のお寺には山門があり、そこから真っすぐ本堂まで続いているのに対して、二尊院は壁に行き当たってしまい、左右に分かれないと本堂まで辿《たど》り着けないようになっている。

そのほかにも、塀に傭兵が立てるようになっていたり、階段に遠近法が用いられていたりするなど、嵯峨天皇を守るためとみられる造りになっている。

時雨亭について、羽生田さんは「結局どこにあったのかを特定することは難しく、むしろ小倉山のどこかにあったらしいという方がロマンがある。どのお寺でも同じように考えて円満に収まっているのではないか」とおっしゃっていた。一つの正解を追求するのではなく、伝承の地を共有しようという小倉山の人々の心が、実に日本的ですばらしいと感じた。

紅葉の名所として知られる二尊院であるが、新緑も美しいという。羽生田さん夫婦は、朝日に透ける、芽吹いて間もない若葉の萌黄色《もえぎいろ》がとても綺麗《きれい》だと太鼓判を押す。また新緑の季節にも訪れてみたい。

60 「名高い母」に比べられた娘が見せた機知とは?

小式部内侍《こしきぶのないし》

一〇〇〇年頃〜一〇二五年。橘道貞と和泉式部の娘。母が式部なので小式部と呼ばれ、母と同様に恋多き女性として知られる。

大江山いく野の道の遠ければ　まだふみもみず天《あま》の橋立《はしだて》

No letter's come from my mother,
nor have I sought help with this poem,
crossing Mount Oe,
taking the Ikuno Road to her home
beyond the Bridge to Heaven.

(直訳)
As they are so far away
I have not set foot on Mount Oe
nor have I received a letter
from the Bridge to Heaven.

[現代語訳]
大江山を通って行く、生野の道が遠いので、まだ天の橋立を踏んでみたこともありません。もちろん、母からの手紙も見ていませんよ。

この歌は小式部内侍が歌の名手として高く評価されるようになった逸話とともに語られる。彼女の母、和泉式部はたいへん名高い歌人であった。あるとき和泉式部が夫について丹後へ行ってしまっている間に、小式部内侍は歌を披露する会に呼ばれた。そんな小式部内侍を、藤原定頼《さだより》が「歌はどうするのですか。お母さんのもとへお使いは出しましたか。帰ってこなかったらさぞ不安でしょうねえ」などとからかった。立ち去ろうとする彼を留めて、彼女が素早く詠んだとされるのが、今回の歌だ。歌を文字通りに英訳すると右下の直訳のようになるが、背景を知って読んだ時とのギャップが面白い。

即興的に詠んだ歌でありながら、「大江山」「生野」「天橋立」と地名を次々に詠み込み、「いくの」に「生野」と「行く」、「ふみ」に「踏み」と「文」(母からの手紙)を掛ける。歌の名手と評価されるにふさわしい、機知に富んだ歌である。

ここで、登場する地名の位置を確認してみよう。まず大江山は山城・丹波の国境《くにざかい》、現在の京都市西京区大枝にある山で、今は大枝山と表記される。生野は福知山市生野にあたる。天橋立は言わずと知れた日本三景の一つ、京都府の北部宮津市の名所である。都のある山城国を出て、母の住む丹後へ向かう道なりに歌枕が詠み込まれているのだ。「まだふみも見ず」という割にはえらく地理に詳しい。

これまでも時折紹介してきた歌枕。この歌が収められた『金葉集』と同時代に、『万葉集』および勅撰集から地名を含んだ歌ばかりを集めた『五代集歌枕』という歌学書が編まれた。歌枕への関心の高さがうかがえる。都を出る機会が少ない人々は、各地の歌枕を学び、その景色を想像することで歌の世界の幅を広げていったのだろう。当意即妙のこの歌には作者の豊かな知識が垣間見えるのだ。

ただ、人から聞いた知識だけでその場所を完全に知ることはできない。そうした時には、地形に合わせて、例えば海辺の景色には海人を詠むといった、歌の世界での伝統的な組み合わせを用いるが、現地の景色とずれが生じることがある。また、今でも同名の地名は時に混乱を招くが、歌枕にも場所が未確定なものが存在する。今回取り上げた大江山も、天橋立近くに同名の山が知られる。丹後までの道筋を辿るこの歌では国境に位置する大江山と解されることが多いが、他の歌では所在地があいまいなままに詠んだものもある。さらに、こうしたあいまいさは、二つの場所の特徴を融合させたような歌に繋がることもあるのだ。

ある種の勘違いも含みつつ、人々の頭の中でイメージを作られた歌枕は、現実に存在する場所でありながら、フィクションの世界のような不思議な魅力を持つ場所になる。幸いにもこの歌に詠まれた歌枕はいずれも場所がはっきりしている。京都に来て、こうした場所を実際に自分の目で見に行けるのは大変楽しいことである。

61 「九重」はどこを意味するのか？

伊勢大輔《いせのたいふ》――九九〇年頃〜一〇七〇年頃。大中臣輔親の娘。上東門院彰子に仕えた女房。高階成順と結婚、娘に勅撰歌人の康資王母がいる。

いにしへの奈良の都の八重桜 今日《けふ》九重《ここのへ》に匂ひぬるかな

The eightfold cherry blossoms
from Nara's ancient capital
bloom afresh today
in the new capital
of the nine splendid gates.

［現代語訳］
奈良の旧都から届けられた八重桜が、今日は九重（宮中）で色美しく咲いていることよ。

伊勢大輔の才能と機知が存分に発揮された歌だ。彼女の家集『伊勢大輔集』によって、この歌が詠まれた経緯を知ることができる。それによれば、八重桜が奈良から朝廷に献上された時、紫式部が新参の伊勢大輔に桜を受け取る大役を譲り、その場で道長が、作者に和歌を詠むよう命じた。つまり、この歌は満座の注目の中、即興で詠まれたものなのだ。それでいて、八重桜の八、宮中を示す九重の九という連続する数字、「いにしへ」・「今日《けふ》」という対応する表現を歌の中に盛り込んでいる。この歌の見事なできばえは、喝采をあびたことであろう。

ところで、読者の皆様はこの歌をどこで知っただろうか。百人一首かるたをきっかけに覚えた人が多いのではないだろうか。かるたで覚えたこの歌から、「九重」という言葉が宮中を意味するということを学んだ方もいるかもしれない。吉海直人氏の「『かるた』に化けた百人一首」(『百人一首の現在』青簡舎、二〇二二年)によれば、『百人一首』はかるたになったことで、現代までより広く知られるようになった。今回はこの論文の内容を紹介してみたい。

もともと『百人一首』は室町時代、宗祇《そうぎ》が二条家歌学の教科書として活用して以降、和歌の入門書・教科書として使われた。公家だけでなく身分の高くない人々にも広がり、女性用の往来物(教科書)に取り入れられ、仮名書道の手本を兼ねて寺子屋でも使われた。

一方、約四〇〇年前にポルトガルから到来したかるたを元に、日本独自の「歌かるた」が貴族の間で生まれた。最初は公家や大名の嫁入り道具だったが、後に安価なかるたも作られるようになって大衆化し、かるた取りの遊びが生まれた。

江戸時代には、歌かるたは女子のものだった。女子用往来物で『百人一首』を学んでいたためだ。男性は賭博かるたをすることが多く、武家の男子は藩校で学んだ唐詩選を使った「唐詩選かるた」をしていた。しかし明治になると藩校がなくなり漢詩の教育も廃れ、唐詩選かるたは消えて、歌かるただけが残った。

歌かるたには「源氏物語かるた」「伊勢物語かるた」「古今集かるた」などがあったが、そのほとんどは消えていき、百人一首かるただけが現代まで残った。その理由は、『百人一首』が女子用往来物を通じて女性の間に広まっていたこと、販売側が安価なかるたを流通させたり、札の改良をしたりするなど努力したことによる。

明治期に、寺子屋が廃止され小学校ができるのに伴い、『百人一首』が女子だけのものではなくなった。また、帝国大学の理系学生の間で、男性向けの競技かるたが行われるようになる。札の規格が統一され、決まり字の発見などスピード向上に繋がる戦術も生まれ、現在の競技かるたへと発展する。この競技かるたによって、今では外国人にまで『百人一首』が広まっている。かるたが『百人一首』に及ぼした影響ははかりしれない。

62 清少納言は歌を贈った相手と「恋仲」だったのか？

清少納言《せいしょうなごん》　―――九六六年頃～一〇二五年頃。清原元輔の娘。中宮定子に仕え、その時のことを『枕草子』につづった。

夜《よ》をこめてとりの空音《そらね》ははかるとも　よに逢坂《あふさか》の関はゆるさじ

Wishing to leave while still night,
you crow like a cock pretending it is dawn.
As I would never date the likes of you
may the guards of the Meeting Hill
forever block your passage through.

［現代語訳］
まだ夜の明けないうちに鶏の鳴き真似をして騙そうとしても、あの函谷関《かんこくかん》ならいざ知らず、逢坂の関ではそうはいきますまい。わたくしは決して逢いませんよ。

古典の教科書に『枕草子』は必ず入っている。その中でも、この歌を含む章段は定番の教材で、取り上げる高校が多いらしい。教室で学んだ記憶がある方も、いらっしゃるのではないかと思う。今回は、出典である『後拾遺集』の詞書に沿って、歌の内容を理解していく。

三蹟のひとりとして名高い藤原行成が作者と様々に語り合っていたところ、行成は内裏《だいり》の物忌《ものいみ》に従って急遽《きゅうきょ》、帰宅した。翌朝、後朝の文めかして「（昨夜は）鶏の声にそそのかされて（残念ながら帰りました）」と行成から言ってきたので、作者は「（後朝の別れを告げるにしては、ずいぶん早い）深夜の鶏の声というのは、あの孟嘗君《もうしょうくん》の故事で名高い函谷関のことですか」と返した。孟嘗君の故事というのは、中国の戦国時代、孟嘗君の食客《しょっかく》の中に、鶏の鳴き真似《まね》がうまい者がおり、その者が夜中に鶏の鳴き真似をして、本来は鶏が鳴かないと開けない規則であった函谷関という関所の門を開けさせ通過した、というもの（『史記』）。作者は、自らの漢学の素養をもとに、行成にやり返したのである。すると行成からは「これは（あなたと逢うという）逢坂の関のことですよ」と返事があった。

さて、以上のような丁々発止の応酬を踏まえて、歌を読んでみよう。下句で作者は、行成のことをピシッとはねつけている。ただし、ふたりは実際に恋人であったわけではない。親しい異性の友人の間で交わされた、恋人を演じた機知に富んだやりとりであった。この時代の歌の贈答はとりわけ、こうした当意即妙の才気が称賛された。

今回は新しい訳にした。変えたのは三行目である。以前の訳では、後朝の雰囲気で「もう二度と、あなたとは会わないわ（I will never meet you again）」とした。行成が後朝のやり取りを匂わせたこと、また『百人一首』では成立の事情から切り離して受容され、その場合「逢坂の関」から恋の歌の雰囲気が醸し出されていることを受けたものだ。新訳では、清少納言が行成の後朝めかした言葉をつっぱねているイメージを大切にし、「あなたのような方とは恋の感情をもって会ったりしないわ（I would never date the likes of you）」とした。この英語の表現は、友人同士が冗談として相手をはねつけているように解することができ、今回の歌の雰囲気にぴったりなのだ。重きを置くところによって和歌の英訳の可能性は無限大である。『百人一首』の一首の歌として向かい合ったときにどう読めるか、藤原定家の理解としてはどのようであったか、この歌が詠まれた文脈としてはどうであったか、どういう物語の歌として受容されてきたか。大切にするポイントによって、歌によって、時に複数の解釈があり得ることがある。このことを考え、歌にじっくり向き合う機会が得られることもまた、和歌を英訳する一つの楽しみなのである。

63

三条院を激怒させた「没落貴族」の末路とは？

左京大夫道雅《さきょうのだいぶみちまさ》

藤原道雅。九九二〜一〇五四年。藤原伊周の長男。幼い頃に父が失脚。乱行のうわさも絶えず、「荒三位」あるいは「悪三位」と称せられた。

今はただ思ひ絶えなんとばかりを　人づてならでいふよしもがな

Rather than hearing it from others,
somehow I want to find a way
to tell you myself,
just one thing—
'Now I must give you up!'

［現代語訳］
今となってはただもう、あなたへのこの思いをきっぱりと断ち切ってしまおう、ただそれだけを、人伝《ひとづて》ではなく、せめて直接あなたに言う方法があってほしいものだ。

この歌の出典である『後拾遺集』の詞書からは、三条天皇の皇女・当子《とうし》と逢うのが難しくなったことから詠まれた歌であることがわかる。当子は三条天皇の愛娘で、三条天皇の即位をきっかけに伊勢の斎宮となったが、三条天皇の退位とともに退下し、京都へ戻ってきた。作者道雅は当子のもとにひそかに通っていたが、それが三条院に漏れてしまい、院は当子に見張りをつけた。そのため、道雅はもう二度と当子に会えなくなってしまったのだ。

三条院は当子を大切にしていたようで、斎宮として下向するときには、とくに別れを惜しんだという。道雅との関係が露見した当時は、藤原道長が全盛を誇った時代。道雅は官位こそ低くないものの、没落していた貴族のひとりであった。その彼が大切な娘と密通していると知った三条院は激怒し、道雅を勅勘《ちょっかん》（勅命による勘当）する。道雅は断腸の思いでこの歌を詠んだことであろう。

「思ひ絶ゆ」は、思うことをきっぱりやめる、諦めるという意である。「人づてならで」は「人を介さずに、直接」という意味。当子との関係はもうこれまでだが、そのことをせめて直接伝えたいという道雅の切実な思いが詠まれている。なお、三条院はこの勅勘のすぐあとに失意のうちに亡くなる。当子は出家し、その五年後に短い生涯を終える。道雅の本妻も、このことをきっかけとしてか、別の男と再婚した。アガサ・クリスティの小説ではないが、そして誰もいなくなってしまったのである。

なお、『後拾遺集』には、この歌を含めて、道雅の当子への歌が四首並ぶ。同じ四首は、藤原定家が『古今集』から『新古今集』の八つの勅撰集から秀歌を選んだ『定家八代抄』にも採られた。定家が道雅の悲恋の和歌を評価していたことがわかる。

『定家八代抄』では、道雅の一連の和歌の間に在原業平の和歌「人知れぬ我が通ひ路の関守は宵々ごとにうちも寝ななむ」が挿入される。「人に知られない私の恋の通い路にいる関守は、宵々ごとに寝て私を通してほしいものだ」という意味のこの歌は、『伊勢物語』で、高貴な女性（後の二条后）のもとに業平が通っていたときに詠まれたものとされる。業平はこっそりと道ならぬ道を歩いて彼女のもとに通っていたが、ついにそのことが漏れてしまい、彼女の兄たちが通い路に見張りを置いた。そのために彼女に会えなくなった業平の歌である。道雅の置かれた状況とよく似ており、定家は両方の悲劇的な状況を知ったうえで、『定家八代抄』を編纂したのであろう。

この和歌は定家だけでなく、藤原清輔にも評価された（『袋草紙《ふくろぞうし》』）。和歌はある程度決まった型を持って作られるものではあるが、中にはこの歌のように作者の実体験と深く結びつき、読者の感情を深く揺さぶるものもある。このようなドラマティックな背景を持つ歌は、現代人の目から見てもたいへん素晴らしく、興味をそそられるものである。

64 「大山札」は百人一首にいくつあるか？

藤原定頼。九九五〜一〇四五年。藤原公任の長男。第六〇番の小式部内侍をからかった逸話などでも知られる。

権中納言定頼《ごんちゅうなごんさだより》

あさぼらけ宇治の川霧たえだえに　あらはれわたる瀬々の網代木《あじろぎ》

［現代語訳］
夜がほのぼのと明ける頃、宇治川に立ちこめる川霧が途切れ途切れになって、その向こうに広く現れる、あちこちの瀬々の網代木よ。

As dawn comes on
on the Uji River, the mist thins
little by little
bringing them into view—
stakes of fishing nets in the shallows.

穏やかな情景を詠んだ歌である。瀬々はあちこちの瀬の意。網代木は、氷魚《ひお》を捕るために竹や木を編んで川の瀬に立てる網代をかける杭《くい》のこと。宇治川は冬に行われる網代を用いた氷魚漁が有名で、歌にもよく詠まれてきた。朝になって立ちこめた霧がところどころ薄くなり、そこから宇治川の名高い網代が見えるという叙景歌で、人事を詠みこまないこうした歌は『百人一首』には必ずしも多くない。英訳では「川霧が途切れ途切れになって、その向こうに広く現れる」という風景の過程をすくい取ろうと試みた。

さて、今回は以前にも少し紹介した「決まり字」の話をしたい。競技かるたでは、何よりも素早く札を取ることが求められる。だが、読まれ始めてすぐにはどの札を取ればいいか確定しない。それが確定するのが、「決まり字」である。

特筆すべきはやはり、「大山札」と「一字決まり」だろう。「大山札」とは、決まり字が六字目のもので、はじめの五音を聞いてもまだ札が確定しないため、ヤマを張ってその札を取る。ゆえに「大山札」と呼ばれる。これには一〇〇首中六首が当てはまるが、じっくりとその六音目が読まれるのを待つ必要がある。今回の和歌もそれに当たり、「朝ぼらけ」で始まる歌は二首あるから、その次の音まで聞かないと取り札が決まらない。速いだけが正義ではない、忍耐力を必要とする札である。これは実に日本らしい、面白い要素ではないだろうか。

反対に「一字決まり」とは、その名の通り、初めの一文字で取り札が決まること。全部で七首あり、その決まり字を並べ「むすめふさほせ」と覚える。例えば、「む」で始まる歌は『百人一首』には一首しかないので、「む」が読まれた瞬間下の句がわかり、取り札が確定してしまうというわけだ。たった一音、もっと言えば、「一音」になる前の音で動き始める選手もいる。実際の大会に訪れると、一斉に畳をたたく音が鳴り響く、競技が盛り上がる瞬間といってもよいだろう。

「決まり字」の面白さはこれで終わらない。この決まり字、実は、競技中に変わり続けるのである。例えば「う」で始まる歌は、「うか」「うら」の二つがあるが、もし「うか」が先に読まれれば、「うら」だった歌の決まり字は「う」に、つまり一字決まりになる。

さらに、かるたは、正しい札と同じ陣にある札については、どれに触れてもお手つきとならないことから、「うか」「うら」が同じ陣にある場合は、「う」が読まれた瞬間にどちらかにヤマを張って取り、結果的に反対の札だったとしてもお手つきにならない。ある意味、両者とも「う」の一字決まりと考えることができる。そのため、札が陣を移動する際にも、決まり字の変化が付いて回るのだ。選手は、このように、刻一刻と変化する決まり字をフォローしていく必要がある。今回の穏やかな和歌とは裏腹に、とてもエキサイティングな競技なのである。

65 朽ちるのは「干さぬ袖」か「名」か？

相模《さがみ》――九九八年頃～一〇六一年頃。父は不明。相模守の大江公資の妻となり、任国へ一緒に行ったため相模と呼ばれた。

恨みわび干さぬ袖だにあるものを 恋に朽ちなん名こそ惜しけれ

[現代語訳]
あの人がつれないのを恨み悲しく思い続けていると、涙で袖がしとどに濡れる。その乾くひまもない袖さえ、このように存在しているのに、恋のために流す浮名できっと朽ち果ててしまうわたくしの名は惜しいことだ。

Though always wet from tears
even my sleeves do not rot,
but worse than that
is the ruining of my name
from this bitter love.

英語の詩では、全く異なる二つの意味に解釈できる作品はあまりないのだが、『百人一首』を英訳していると、そのような歌によく出合う。今回の相模の歌は、その一例である。従来、「干さぬ袖だにあるものを」には二つの解釈が示されてきた。（一）「袖さえ朽ちてしまうのが惜しいのに、その上に名さえも朽ちてしまうのが惜しい」。(二)「涙で朽ちやすい袖さえ(朽ちないでここに)あるのに、わたくしの名は朽ちてしまう」。現代語訳は(二)の解釈を採用したので、英訳も、袖は朽ちないが(even my sleeves do not rot)、恋のために流す浮名で悪い噂が立ってしまう(the ruining of my name from this bitter love)、とした。

相模の和歌の中では、やはり今回のような恋歌が特に素晴らしいと思う。いくつか紹介したい。例えば、「もろともにいつか解くべき逢《あ》ふことのかた結びなる夜半の下紐《したひも》(あの人といっしょにいつか解く日があるだろうか。あの人に逢うことが難しいので、片結びしている夜着の下紐を)」は、こっそりと物思いをしていたときに、「悩んでいる様子ね」と親しい人から言われて心のなかでつぶやいた歌だという。「かた」は逢うことの「難さ」と「片結び」との掛詞になっている。下紐は下着についている紐のことで、それが解けるということは、相手に逢えることを意味する。平安時代の女性は部屋で相手の訪れを待つことしかできなかった。逢えるか、逢えないかは相手に委ねられている。当時の生活がよく表れた、現実感のある歌だと思う。

「うたたねにはかなく覚めし夢をだに此世に又は見でややみなん(うたた寝のなかに恋しい人を見て、はかなく覚めてしまった夢さえも、この世では再び見ないままに、終わってしまうのだろうか)」は、藤原俊成が編んだ『千載集』恋歌五のいちばん始めの歌である。作者は夢のうちに今はもう逢えない恋しい人を見た。だがそんな夢すらもう見られないのではないか、と思う。作者の深い愛と、それに伴う喪失の恐怖がよく捉えられている。私が百人一首に選ぶなら、この歌を入れたい。

「色かはる萩のした葉をみてもまづ人の心の秋ぞしらるる(紅葉する萩の下葉を見ると、まずあの人の心の、私に対する「飽き」が来たことがわかってしまう）」は、和歌の伝統に則《のっと》りながら、愛や喪失、別れ、恨みの暗い部分に焦点を置いている。萩は秋の伝統的なモチーフで、「秋」は「飽き」に通じることから、相手の心が自分に飽きて離れていく様をいう。萩が紅葉し色が変わるのは、ありふれた秋の風景であるが、人が心変わりをしたことを象徴的に示している。

どの国でも、恋は楽しさや喜びではなく、辛さや苦しさに焦点を置いて描かれる。相模の歌はその典型である。

66

厳しい修行中に「桜」に呼びかけた思いとは？

大僧正行尊《だいそうじょうぎょうそん》　一〇五五～一一三五年。源基平の子、敦明親王の孫にあたる。一一二三年に天台座主、一一二五年に大僧正。

もろともにあはれと思へ 山桜 花よりほかに知る人もなし

［現代語訳］
わたくしがあなたのことを慕わしく思うように、あなたもわたくしのことを慕わしく思ってくれ、山桜よ。この大峰の山中では、花のあなた以外に、わたくしのことを知っている人はいないのだ。

(A)
Mountain Cherry,
let us console each other.
Here on Mount Omine
apart from you
no others know me.

(B)
I know no one else
except for you.

※（B）訳は、（A）訳の下二行と入れ替えて読む。

出典の詞書にある大峰《おおみね》は、大和国（奈良県）の熊野川上流にある山岳信仰の霊地。大峰での修験道の厳しい修行の中で、思いかけずふと目にした桜に呼びかけた歌である。詞書には「思ひがけず（桜の花を見て）」とあるが、これについて江戸時代の学者・契沖は「常緑樹が多い山中にあって、桜に出合ったこと」を指すと述べている。桜をあたかも自分の知り合いかのように擬人化して、自分が桜を思うのと一緒に、桜にも自分のことを思ってほしいというのである。

「花よりほかに知る人もなし」は、花を擬人化して「花しか私のことを知らない（他に私を知る人はいない）」と訳すか、「花よ、私が知っているのはあなた以外にいない」と訳すかで迷った。後者（B）の方が「私」を重視する西洋人には分かりやすいが、前者（A）はいかにも日本的で、作者の意図もこちらだと思うので、これをメインとしたい。

作者の行尊は一二歳のとき園城寺（三井寺）で出家した。若い頃から厳しい修行を積み、鳥羽天皇の護持僧を務めるなど、貴族に重用された。修行の厳しさが垣間見える彼の歌に、「心こそ世をばすてしかまぼろしの姿も人に忘られにけり（出家して心は世を捨てたが、心だけでなく姿も変わり果ててしまい、人に忘れられてしまったことだ）」がある。長年の修行ののち験競《げんくらべ》（修験者の通力を競う行事）をしているところ、昔の知り合いがやってきた。痩せ衰え、みすぼらしい格好をしていたので、行尊だと気づいてもらえなかった。修行の厳しさは、外見にも影響を与えてしまうものなのだ。

弟子も多く、亡くなる直前には「この世にはまたもあふまじ梅の花ちりぢりならむことぞ悲しき（この世にはまた会うということは叶わないでしょう。私がかつて植えた梅の花がもうすぐ散っていってしまうことの悲しさよ）」という歌を遺《のこ》している。園城寺で病床にあった行尊が、かつて京に植えた梅の花を届けられて詠んだ歌である。梅の花を見て、これまでの人生の苦労が思い起こされたことだろう。梅の花が散ることを、自分の死後に弟子が散り散りになってしまうことにも重ねているので、弟子たちは別れをより痛切に感じたのではないだろうか。

最後にもう一首。「春くれば袖の氷もとけにけりもりくる月の宿るばかりに（春が来たので袖の氷が解けたことだよ。軒から漏れる月の光が袖の上に宿るほどに）」は、春になると袖の氷が解けるという『古今集』以来の和歌の伝統を踏まえつつも、非常に叙情的な作品になっている。光が映るほどに袖が濡れていることを詠んでいるが、氷は比喩で、実際にはとめどない涙で袖を濡らしているのである。

行尊は厳しい修行に耐え、園城寺長吏や天台座主など重要な役職を多く務めた。天皇にも仕え、優秀な人物だったことが窺われる。一方で優れた歌人でもあり、日本文学においては稀有《けう》な人物と言える。映画や小説で取り上げることができそうだ。

67 「手枕」はどんな場面で差しだされたのか？

周防内侍《すおうのないし》――平仲子。一〇四〇年頃～一一一〇年頃。周防守平棟仲の娘なので周防と呼ばれた。家集『周防内侍集』を残した。

春の夜《よ》の夢ばかりなる手枕《たまくら》に かひなくたたん名こそ惜しけれ

I would regret losing my good name
for laying my head upon your arm
offered as a pillow
for a moment as fleeting
as a spring night's dream.

［現代語訳］
短い春の夜の、はかない夢のような、戯れの手枕をお借りしたばかりに、つまらなく立ってしまうだろう浮名が口惜しく思われるのです。

出典の詞書によると、春二月の月の明るい夜に大勢で話をしていたとき、周防内侍が「枕がほしい」と言うと、藤原忠家《ただいえ》が「これを枕に」と御簾《みす》の下から腕を差し入れてきた。その際に詠んだのがこの歌だ。戯れのようなやりとりの中でとっさに詠まれたもので、元来恋歌ではないが、

「春の夜」「夢」「手枕」など恋を思わせるような優美な和歌となっている。『定家八代抄』で恋歌に配列されているから、定家は恋の歌として鑑賞していたようだ。

「春の夜の夢」ははかないものを表す象徴的な表現。「ばかり」は程度を表し、「手枕」が春の夜の夢ほどにはかないことを示す。「かひなくたたん」には腕の意の「かひな」が掛けられている。

周防内侍は、周防守平棟仲《むねなか》の娘で、本名を平仲子《たいらのちゅうし》といい、女房三十六歌仙に数えられた歌人である。後冷泉天皇に仕えたが、一〇六八年に天皇が崩御したあと、周防内侍は自宅に引きこもってしまう。その年の六月一日、雨が降る空を眺めながら、彼女は亡き天皇を思い、「五月雨にあらぬ今日さへ晴れせぬは空も悲しきことや知るらん（五月雨の季節ではない今日でさえ、晴れることがないのは、空も帝が亡くなられたという悲しいことを知っているからだろうか）」（『後拾遺集』）と詠んだ。天皇の崩御を天までが悲しんでいるという視点が素晴らしく、万物が悲しむという発想に、天皇の象徴的な意味合いが含まれているように感じられる。

後冷泉天皇の弟の後三条天皇が即位すると、周防内侍に七月七日に出仕するようにとの命が下った。それに対して、彼女は「天の川おなじながれと聞きながらわたらむことのなほぞかなしき（先帝と同じ天照大神の御子孫と伺っておりますが、新帝に出仕することはやはり悲しく思われます）」（『後拾遺集』）と返す。先帝を思う気持ちの深さ、感情と義務の間で揺れ動く心情が伝わってくる。しかし結局この後、彼女は再び出仕し、後三条天皇の後、白河天皇・堀河天皇にも仕えた。

またある時、周防内侍は同居していた母や兄弟を亡くし、それまで住んでいた家を手放すことになった。彼女は家の柱に「住みわびて我さへ軒の忍ぶ草しのぶかたがたしげき宿かな（住んでいるのがつらくて、私まで去って行くこの家の軒の忍ぶ草よ、その名ではないが、しのぶ（＝懐かしむ）ことがいろいろとある家だよ）」（『金葉集』）と書き残して去った。歴史物語『今鏡』（平安末期）には、その家と歌が冷泉堀河の北西の角にまだ残っていると記され、鎌倉時代の説話集『今物語』（一二三九年以降成立）では、建久年間（一一九〇〜一一九九）頃までそこにあったと書かれている。周防内侍は一一一〇年頃に亡くなったとされるが、彼女の筆の跡はその死後少なくとも数十年間残り、後の世の人に知られていたようだ。

周防内侍の歌と逸話からは、四代の天皇に仕えた、平安時代の女房の人生を垣間見ることができる。

68 歌に込められた「絶望」の深さとは?

三条院《さんじょういん》 ——九七六〜一〇一七年。冷泉天皇の第二皇子居貞親王。第六七代天皇。

心にもあらでうき世にながらへば 恋しかるべき夜半《よは》の月かな

Though against my wishes,
I must live on in this world of pain.
But when I look back
I will surely recall you fondly,
Bright Moon in the middle of the night.

[現代語訳]
私の本心とは違って、この辛い世の中に生きながらえてしまったら、きっと恋しく思い出されるだろう、美しい夜半の月であることだ。

この歌の作者、三条院は不遇の人であった。一一歳で、四歳年下の一条天皇の皇太子となり、長く即位できない時間を過ごした。天皇になったのは三六歳のとき。病気がちでとくに目を患っており、失明の危険もあったという。しかも在位中に天皇の住居である内裏が二回も炎上した。

さらに、藤原道長は譲位を迫ってくる。道長の娘の彰子《しょうし》と、一条天皇との間に生まれた皇子を天皇にしようとしていた。また、道長は娘の妍子《けんし》を三条天皇の中宮とし、三条天皇は長い間連れ添った女御の娍子《せいし》を皇后に立てるなど、両者の対立は深刻だった。

出典の詞書には「位など去らん（退位する）」とあり、自身の病気や火災、道長の圧力などままならぬ世の中への絶望のなかで詠まれた和歌であろう。上の句の「本心ではないが生きながらえてしまったら」は、本当は死んでしまいたいほどに辛いということだ。それでもただ月は美しい。

元の英訳では、夜半を「darkest night」としていたが、これは最も暗い夜という意味であると同時に、暗く沈んだ作者の心を表現したものだ。今回の新訳は、夜の暗さではなく月の光を強調した訳で、原文に近いかもしれない。

三条院は月の歌を他にも残している。「月かげの山のはわけて隠れなばそむく憂き世をわれやながめん（月の光が、山の端に分け入って隠れてしまったならば、月が見捨てたつらいこの世を、私は独り物思いにふけって過ごすのだろうか）」（『新古今集』）という歌は、皇太子時代、長年側近として仕えた藤原統理《むねまさ》に詠んだ歌だ。統理が出家しようとする様子を見た三条院は、統理を月にたとえて、あなたが出家してしまったら、私はつらいこの世に取り残されてしまう、と彼を引き留める。結局統理は出家してしまったが、出家後も三条院と、お互いを思う歌を詠み合っている。三条院の、臣下を気遣い、大切に思う人柄が表れているといえるのではないだろうか。

三条院が月を詠んだ歌には、「あしびきの山のあなたにすむ人は待たでや秋の月をみるらん（月が昇ってくる山の向こう側に住む人は、待つことなく秋の月を見られるのだろうか）」（『新古今集』）というものもある。こちらは『百人一首』の歌とも、藤原統理に詠んだ歌とも違い、ユーモラスな歌である。

今に伝わる三条院の歌は数が少なく、勅撰集には八首が入集するのみだ。彼の人柄や人間関係は窺えるが、歌として特に優れているものはあまりない。その中で、『百人一首』に選ばれた歌は際立っている。さまざまな苦難を経てきた彼の思いが静かに伝わってくる。

三条院はこの歌を詠んでまもなく譲位し、その翌年亡くなった。つらいことの多かった人生の終わりに、美しい夜半の月だけが、彼の心を照らしていたのだろうか。

69

「平凡」という評価は妥当なのか？

能因法師《のういんほうし》

——橘永愷。九八八～一〇五〇年頃。二六歳頃出家。
摂津国古曾部に住み、古曾部入道と呼ばれた。

嵐吹く三室《みむろ》の山のもみぢ葉《ば》は たつたの川の錦なりけり

Blown by storm winds,
Mount Mimuro's
autumn leaves have become
the River Tatsuta's
richly hued brocade.

[現代語訳]
嵐が吹き散らす三室の山の紅葉の葉は、龍田川に流れてゆき、あたかも龍田川に浮かぶ錦のように美しいことよ。

三室山は大和国（奈良県）の神無備《かむなび》山のこと。龍田川の上流にある紅葉の名所だ。龍田川は第一七番の「ちはやぶる神代も聞かず龍田川から紅に水くくるとは」にも登場し、そこでも紅葉とともに詠まれていた。

出典（『後拾遺集』）の詞書に「永承四年内裏歌合によめる」とあるが、これは一〇四九年に宮中で行われた歌合だ。この歌は、栄えある行事の際に詠まれ、しかも勝ちとされた歌にもかかわらず、近代以降は、平凡と謗《そし》られることもあって評価が低い。

作者の能因法師は中古三十六歌仙に選ばれた歌人で、勅撰集に六五首もの歌がとられている。「嵐」で始まる冒頭の激しさから、最後の静かな紅葉の光景までをよどみなく詠み上げ、紅葉に彩られた、三室山から龍田川までの景色全体を三十一文字の一つの歌に収める。紅葉の歌として散るさまを詠むのは定番かもしれないが、視覚的に非常に美しく、巧みな表現であると私は思う。

百人一首かるたを使った遊びとして、読み札だけを使った坊主めくりがある。能因法師のような「坊主」を引いてしまうと、持ち札を全て手放さなければならないルールだ。かるたの読み札に描かれた、歌人の肖像を利用した遊びだが、こうした絵のことを「歌仙絵」と言う。

この『百人一首』の歌仙絵について、最新の研究を紹介したい。渡邉裕美子氏の「『百人一首』と歌仙絵」（『百人一首の現在』青簡舍、二〇二二年）によれば、百人一首の歌仙絵を巡っては諸説ある。百人一首の成立を論じる際によく取り上げられる定家の日記『明月記』の記述によれば、定家が、蓮生（宇都宮頼綱）の山荘「嵯峨中院」の障子に押す「色紙形《しきしがた》」のために古来の人の歌を書いたという。この障子に、歌とともに、歌の作者の肖像が描かれていたとの説もあるが、『明月記』の記述には絵のことはなく、他に同時期の記録もない。証拠となるような遺品も残っていないという。『明月記』が書かれた頃は、歌人の肖像画を描くことに忌避感があったことから、その当時歌仙絵は製作されていなかったと渡邉氏は考える。

『百人一首』と歌仙絵に関わる話が出てくるのは、和歌の流派の一つである二条派の歌人の頓阿《とんあ》が著した歌学書『水蛙眼目《すいあがんもく》』（一三六〇〜六四年頃成立）が最初で、それ以降中世や近世の資料に、定家が（依頼主の蓮生のものではなく）自身の山荘の障子に歌仙絵を描かせていたとする話が見られる。こうした説が唱えられた理由として、頓阿が『百人一首』を二条派の歌の指針として取り上げ、その権威づけのために、定家が山荘を歌仙絵で飾っていたという「物語」を必要としたからではないかと渡邉氏は推測している。

『百人一首』は、歌仙絵に描かれ、かるたになり、近年は漫画やアニメになるなど、多彩な展開を見せている。まるで、紅葉が織りなす美しい錦のように。

70 「三夕の歌」に数えられるべきはどの歌か？

良暹法師《りょうぜんほうし》 ——九九八～一〇六四年頃。天台宗の僧侶で祇園別当の後、晩年は大原の雲林院に隠居したと伝わる。

寂しさに宿を立ち出《い》でてながむれば　いづくも同じ秋の夕暮れ

With a lonely heart,
I step outside my hut
and look around.
Everywhere's the same—
autumn at dusk.

［現代語訳］
寂しさに堪えかねて庵を出て、物思いにふけりながら周囲を見渡すと、どこも同じである、寂しい眺めの秋の夕暮れは。

前回に続いて秋の歌であるが、第六九番の彩りの美とは対照的な寂寥《せきりょう》が詠まれている。「宿」は、旅宿ではなく自分の家のこと。秋の夕暮れ時、作者は、庵にいるとむしょうに寂しくなって外へ出た。そして物思いにふけりながら周囲を見渡したとき、そこにもやはり秋の寂しい景色が広がっている。

定家の著作『五代簡要《ごだいかんよう》』にもこの歌が見られるが、そこでは四句の「いづく」が「いづこ」となっている。古典文学研究者の赤瀬信吾氏によれば、定家は「いづこ」と「いづく」とのいずれを古典的ことばとするか、「いづこ」へ傾きつつも迷っていたらしい。

秋、特に夕暮れはことさら寂しいものとされる。この考え方は漢詩から影響を受けたもので、『和漢朗詠集』などを通じて定着していった。清少納言が『枕草子』で「秋は夕暮れ」と書いてその美しさを称《たた》えたのも、漢詩の影響と考えられている。

『和漢朗詠集』に先立つ『古今集』にも秋の夕暮れ時の寂しさを詠んだ歌は見えるが、「秋の夕暮れ」という言葉を使った歌が勅撰集に載るのは一一世紀末の『後拾遺集』からで、この歌を含めて七首見られる。『歌ことば歌枕大辞典』(角川書店、一九九九年)によれば、まさにこの歌が、それまで主題の背景に過ぎなかった「秋の夕暮れ」を、寂しさそのものの形象として定着させる転換点になったという。

「秋の夕暮れ」を詠んだ歌としてすぐに思い浮かぶのは、『新古今集』秋歌上の三首、いわゆる「三夕の歌」である。「寂しさはその色としもなかりけり槇立つ山の秋の夕暮(寂しさは、その色が寂しさの色だとわかるわけではないものだ。槇の立っている山の秋の夕暮れよ)」(寂蓮法師)、「心なき身にもあはれは知られけり鴫《しぎ》立つ沢の秋の夕暮(趣を感じる心がない自分の身にも、しみじみとした情趣が自然と感じられることだ。鴫が飛び立つ沢の、秋の夕暮れよ)」(西行法師)、「見わたせば花も紅葉もなかりけり浦の苫屋《とまや》の秋の夕暮(見渡すと、花も紅葉もないことだ。浦の苫葺きの小屋の、秋の夕暮れよ)」(藤原定家朝臣）である。このうち「見わたせば」の歌は、茶道書『南方録』や、それに影響を与えた『堺数寄者物語』で、武野紹鷗《たけのじょうおう》の茶道の心を表した歌とされており、茶の湯の世界にも影響を及ぼした歌だ。このような「秋の夕暮れ」のイメージ形成に一役買ったのが「寂しさに」の歌であるから、この歌の方を三夕の歌に数える異説もあるという。

作者の良暹法師は平安中期の天台宗の僧侶で、勅撰集には三一首の歌が載る。平安時代の歌人は自分の目に映る美しさを表現するのに対し、『新古今集』時代に始まる中世の歌人は、歌を通じて自ら「美」を創り出そうとする。時代を先取りし、現代にも通じる美意識を創り出した、画期的な歌といえるだろう。

71 「まろ屋」に吹き込む風の強さは？

大納言経信《だいなごんつねのぶ》　――源経信。一〇一六～一〇九七年。父は源道方。漢詩・和歌・音楽に秀で、藤原公任と並んで「三舟の才」と称せられた。

夕されば門田《かどた》のいなばおとづれて　蘆《あし》のまろ屋に秋風ぞ吹く

［現代語訳］
夕方になると、門前にある田の稲の葉に音を立てて、蘆葺《あしぶき》の田舎家に秋風が吹くことよ。

As evening draws near
in the field before the gate
the autumn wind visits,
rustling through the ears of rice,
then the eaves of my reed hut.

出典である『金葉集』の詞書によれば、この歌は作者が梅津（現在の京都市右京区）にある源《みなもとの》師賢《もろかた》の山荘を訪れた際に「田家秋風《でんかのあきかぜ》」を題として詠まれたという。「夕さる」は夕方になるという意。門田は門前や門の近くにある田のことを言う。さらに、丸屋《まろや》は蘆や茅などを用いて簡単に屋根を葺いた粗末な家のことで、この歌では蘆の丸屋とあることから、蘆葺屋根の田家（いなか家）のことを指している。与えられた題に沿って詠んだ歌ではあるが、実際に山荘で詠まれているので、眼前の風景も踏まえられているのかもしれない。この和歌は『百人一首』のなかでも私のお気に入りのひとつだ。時の流れや、家まで吹いてくる風の速さが感じられて良い。私の住んでいる嵐山の近くで詠まれたことにも親近感を覚える。そもそも、嵐のような風が吹くから、ここは嵐山と名づけられたのだ。

もとの和歌は秋の情景を描き、作者や人間の存在ははっきりとは示されない。しかし、英語では印象を強めるために「my reed hut」として作者の存在を示した。

今回はこの歌人の他の和歌をいくつか紹介したい。彼の作品で多く残されているのは、やはり『百人一首』に採られた和歌と同じ、自然の風景を詠んだ歌である。中でも心を惹かれたのは、白に白を重ねる見立ての歌だ。「春日やま峰よりいづる月影は佐保の川瀬の氷なりけり」は、春日山の峰から差してくる冴え冴えとした白い月光が、佐保川の浅瀬に浮かぶ白い氷のように見えるとするものだ。「水上に花や散るらん山川のゐくひにいとどかかる白波」は、花びらが川の杭（ゐくひ）にとどまっているのを見て、上流で花が散っているのだろうか、川の杭に白波がいっそうかかってくる、と詠む。白い花びらを白波に見立てているのだ。『百人一首』には白菊と霜、波と雲など、白い景物を他の白に見立てる歌がたくさんあるから、藤原定家はこの詠み方を気に入っていたのだろうと思う。だから、定家がこれらの和歌ではなく、今回の和歌を『百人一首』に選んだことには興味を引かれる。

経信は自作の中では、「沖つ風吹きにけらしな住吉の松のしづえをあらふ白波（沖の風が吹いたらしいよ。住吉の松の下枝を洗う白波を見ると）」を気に入っていたらしい。住吉と関連を持って扱われる伝統的なモチーフには波や松があり、住吉の神も歌に詠まれる。住吉の神で著名なのは、『伊勢物語』一一七段で、ここでは天皇と住吉の神が歌を交わす。経信の歌には神は現れないが、松に白波がかかっている様はやはり神々しい。和歌において、白のイメージの果たした役割の大きさを思う。

72 「あだ波」に喩えられるのはどんな人か？

祐子内親王家紀伊　ゆうしないしんのうけのきい

――生没年未詳。母は後朱雀天皇の第一皇女・祐子内親王に仕えた小弁。自身も祐子内親王家に仕えた。

音に聞く高師《たかし》の浜のあだ波は　かけじや袖の濡《ぬ》れもこそすれ

I stay well away
from the famed Takashi shore,
where the waves, like you, are treacherous.
I know if I get too close to either,
my sleeves will end up wet.

〔現代語訳〕
名高い高師の浜のむやみに立ち騒ぐ波のように浮気で有名なあなたのことは心にかけますまい。波がかかって袖が濡れるように、涙で袖が濡れてしまうかもしれないから。

この歌は、康和四年（一一〇二）閏五月二日に、堀河天皇が清涼殿で催した歌合「堀河院艶書《えんじょ》合《あわせ》」で詠まれたものだ。歌合は、第四〇番と第四一番のように、左右に分かれて和歌を詠み合い、優劣を競い合う遊びで、通常は一首ごとの勝ち負けの数を合計して勝負を決める。艶書合は歌合の一種だが、その中でも恋歌のやりとりに特化した遊びで、勝敗は決めず、この時は男性が女性に恋歌を贈り、女性が拒否の返歌をする形をとった。なお、五月七日にはこの続きが行われ、一回目とは逆に女性が男性に恨みの歌を贈り、男性がそれに対して切り返す形式となった。

一回目の艶書合で詠まれたこの歌は、藤原俊忠が詠んだ歌「人しれぬおもひありそのうらかぜになみのよるこそいはまほしけれ（人知れぬ恋の思いを、荒磯の浦風で波が寄るような、そんな夜にあなたに伝えたいのです）」に対する返歌である。もちろん本当の恋のやりとりではなく、いかに優れた恋歌が詠めるかを互いに競い合っているのだ。

俊忠の歌が荒磯《ありそ》の浦の波を詠みこんで懸想《けそう》しているのに対し、この歌の作者・紀伊は高師の浜のあだ波を詠み込んで切り返している。また、俊忠が「浦」「波」「寄る」の縁語を使っているのに対しても、「浜」「波」「濡る」と見事な技巧で応答している。「音に聞く」は世間での評判が高いことを言う。高師の浜は和泉国（大阪府）の歌枕で、「高し」が掛けられている。あだ波はいたずらに立つ波のことを言い、浮気な相手を喩《たと》えた表現でもある。また、「あだ波はかけじ」は心に「かけじ」という意味を兼ねた掛詞になっている。掛詞や縁語を多く使い、技巧を凝らした歌である。

俊成の父で、定家の祖父にあたる俊忠はこの時三〇歳前後。対して紀伊は既に七〇歳ほどで、俊忠の祖母くらいの年齢であった。だが、遊びに年齢差など関係なく、相手の誘いをつれなく断る歌を巧みに詠んで返したのである。この時の女性側には年配の女房が多かったという。

作者の紀伊は後朱雀天皇の娘・祐子内親王に仕えた女房である。勅撰集に入集する歌が三一首あり、彼女自身の家集としては『一宮紀伊集』がある。

記録に残る歌合は平安前期の八八五年頃に在原行平邸で行われた「在民部卿家歌合《ざいみんぶきょうけうたあわせ》」が最初で、その後宇多天皇や村上天皇の時代には、天皇や院が主催するもののほか、大臣たちや歌人たちによる歌合が盛んに催された。その後、堀河天皇の時代まで、晴儀《せいぎ》歌合と呼ばれる、宴のような華やかな歌合が多く行われた。「堀河院艶書合」もその一つである。しかし、歌合は次第に評論を中心とする文芸的なものに変化していく。紀伊や俊忠らの知的な遊びは、華やかな宮廷行事の最後の輝きだったのかもしれない。

73 「大学者」はなぜ内大臣の家で「桜」を詠んだのか？

権中納言匡房《ごんちゅうなごんまさふさ》

大江匡房。一〇四一〜一一一一年。大江匡衡の曾孫。学識者として名高く、藤原伊房・藤原為房とともに白河朝の「三房」と称された。

高砂《たかさご》の尾の上《へ》の桜咲きにけり 外山《とやま》の霞《かすみ》たたずもあらなむ

How lovely the cherry blossoms
blooming high
on the peaks of Takasago.
May the mists in the foothills
not rise to block the view.

〔現代語訳〕
あの高い山の峰の桜が咲いたことだ。こちらに近い山の霞よ、あの桜が見えなくなってしまうから、どうか立たないでほしい。

今回の歌は、平安時代を代表する大学者の歌である。『百人一首』の古い注釈では「たけある歌」や「正風」、つまり品位があり格調高い歌と評されている。出典である『後拾遺集』の詞書に「内大臣の家にて」とあるのは藤原師通《もろみち》の家のこと。その屋敷は二条東洞院（京都御苑の南あたり）にあった。そこでの酒宴の後、「遥望山桜（遥かに山桜を望む）」という「心」を詠んだ歌である。

初句の「高砂」は、播磨国（兵庫県）の地名でもあるが、この歌では「砂が高く積み重なった高い山」という意味の普通名詞であろう。「外山《とやま》」は、「深山《みやま》」に対する語で、人里に近い麓の山のことをいう。この歌は漢詩の対句のように、ものとものを並列させた表現が目立つ。桜と霞、尾上と外山というように。それが中央の「咲きにけり」で分割されて、その構造がいっそう強調されている。作者は、壮大な美しさを妨げないよう、霞が立たないことを望む。師通の家で美しい桜の素晴らしさを詠むことは、師通の栄華を讃える意味もあったであろう。

作者の大江匡房は、伝統的な学者の家柄に生まれ、自身も非常に才能に恵まれ、歴代天皇に重用された。勅撰集には百余首入集し、家集に『江帥集《ごうそち》』があり、歌人としての評価も高かった。匡房の他の歌を見ると、白いイメージがたくさん詠まれている。匡房にとって、白いイメージは魅力的だったのかもしれない。そのうちのいくつかを紹介する。

「月かげに花見るよはのうき雲は風のつらさにおとらざりけり」は『金葉集』の歌。意味は、月明かりに花を見ている夜の、花を隠してしまうような浮雲のつらさは、花を散らす風の無情さに負けていないことだ、となる。花が散ってしまうつらさは歌によく詠まれるが、着眼点がユーモラスだと思う。

次に挙げる見立ての歌は、匡房の作のなかでも良い歌だと思う。「白雲とみゆるにしるしみ吉野の吉野の山の花ざかりかも」は、まず二句目で切れ、全体の意味は「白雲に見えるのではっきりとわかる。あれは吉野の山の花盛りであることだよ」となる。花を白雲に見立てるこの歌はかなり慣習的な歌だ。しかし、「吉野」という語が繰り返されるのは、リズムがとてもいいと感じる。また、「初瀬山くもゐに花のさきぬれば天の川波たつかとぞ見る」は殊に素晴らしい。初瀬山の桜が、雲の辺りまで空高く咲き誇っているので、天の川の波が立っているかのように見えることだ、という意になる。無数の花が天の川にある幾千の星と見まごうほど空高く上り、それが波のように見えるというこの発想は私のお気に入りの歌のひとつだ。『百人一首』の歌よりずっと傑作だと思う。第七一番の歌と同様に、藤原定家はなぜこの歌を選ばなかったのだろうかと思う。今回の歌を選んだ理由について、昔に戻って定家本人に取材してみたい。

74 「松尾芭蕉」が詠んだ見事なパロディーとは？

源俊頼朝臣《みなもとのとしよりあそん》 ――一〇五五～一一二九年。源経信の三男、俊恵法師の父。親子孫三代にわたって百人一首に選ばれている。『金葉集』の撰者。

憂《う》かりける人を初瀬の山おろしよ 激しかれとは祈らぬものを

That cold woman
fierce as the winds
that blow down
from Mount Hatsuse—
it is not what I prayed for.

［現代語訳］
わたくしにつれなかった薄情なあの方との恋は、実らないまま終わってしまった。わたくしに想いを向けてくれるようにと恋の成就を初瀬の観音さまに祈りこそすれ、初瀬の山おろしよ、その激しい風のように、あの人がわたくしに辛く当たるようにとは、けっして祈りはしなかったのに。

初瀬は大和国（奈良県）の地名。長谷寺《はせでら》があることで知られていた。長谷寺を詣でることを「初瀬詣《はつせもうで》」といい、『蜻蛉日記』や『枕草子』、『源氏物語』、『更級日記』などにも登場する。また、長谷寺は京都の清水寺、滋賀の石山寺とともに、観音菩薩《ぼさつ》を本尊とする寺院として、古来、篤く信仰された。

「はつ」は「初」と「果《は》つ」の掛詞。「山おろし」は、山から吹き下ろす激しい風のこと。「初瀬の山おろしよ」は、「憂かりける人を――激しかれとは祈らぬものを」というこの歌の中心的な内容に挿入された句。この挿入が表現の複雑さ、精巧さをもたらし、『新古今集』の時代には高く評価された。

この歌を大まかに意訳すると、「初瀬の観音様に対して恋の相手が薄情ではなくなるようにお祈りをしたものの、その祈りは聞き入れられなかった」となる。つまり、現代語訳の大部分は歌の表面上の言葉にはないのである。英訳では歌を文字通りに訳してみた。

また、『百人一首』の撰者である藤原定家は、源俊頼を称賛していたようで、定家が著した『近代秀歌』という歌論書では、この歌を秀歌として引用している。

さらに、この歌にはパロディーが存在する。それは、松尾芭蕉が詠んだ「うかれける人や初瀬の山桜」という句である。芭蕉の句では、「うかりける」のたった一文字を変えて「うかれける」とすることによって、この歌で詠まれていた世界を一変させることに成功している。初瀬の観音様にお祈りしたのに恋は実らず、恋しい人はつれないままで、山颪《やまおろし》の風も冷たいということを詠んだ歌から一転して、芭蕉は、花見に来た人々が初瀬の有名な山桜を見て浮かれている様子を詠んだ句にしたのである。つれない人は浮かれた人々に、激しい山颪の風はのどやかに咲く山桜に、それぞれ転換し、孤独な恋の苦しみは近世のにぎやかな光景へと鮮やかに転ぜられた。

この芭蕉によるパロディーは、「At Hatsuse of that famed grudge / —mountain cherry blossoms— / merry crowds!」と英訳してみた。英訳する際には、初瀬が花の名所であるという情報と、この歌を踏まえて詠まれた句であることがどうすれば伝わるだろうかと頭を悩ませた。その結果、たとえこの歌を知らなくても、つらい恋を詠んだ歌からにぎやかな花見を詠んだ句へのドラマティックな転換を感じ取れるよう、一行目に「that famed（あの有名な）」を補い、「『百人一首』の歌にさえ詠まれている恨み」のニュアンスを表現した。加えて、二行目の「mountain cherry blossoms」は一行目と三行目のどちらにも掛かるように間に挿入している。

なお、この芭蕉の句の英訳は、拙著『松尾芭蕉を旅する　英語で読む名句の世界』（講談社、二〇二一年）にも収録されている。ご興味のある方は、そちらもぜひご一読いただきたい。

75 「しめぢの原のさせも草」は当てになるか？

藤原基俊《ふじわらのもとし》――一〇六〇～一一四二年。源俊頼とともに院政期の歌合の判者として活躍した。藤原俊成の歌道の師。

契りおきしさせもが露を命にて あはれ今年の秋もいぬめり

I believed in you with all my heart
but again this autumn passed,
filled with sadness. Your promises,
but vanishing dewdrops
of the mugwort blessing!

［現代語訳］
お約束してくださった、「しめぢの原のさせも草（であっても私を頼りにせよ）」という露のようなお言葉を、命と思って頼りにして参りましたが、ああ、今年の秋もむなしく去ってしまうようです。

子を想う親の歌である。詞書によると、作者基俊の子で僧侶の光覚《こうかく》は、維摩会《ゆいまえ》の講師という重要な役を望んだのだが、なかなか選ばれない。基俊が法性寺入道関白太政大臣（藤原忠通《ただみち》）にそのことを伝えると、忠通は「しめぢの原の」と言う。しかし今年も光覚は選ばれなかった。この和歌はそのときに詠まれたものである。

「しめぢの原の」は「なほ頼めしめぢが原のさせも草わが世の中にあらんかぎりは」(『新古今集』)という歌を踏まえる。清水観音が詠んだとされる歌で、私がいる限りは、させも草のように思い焦がれて悩むことがあっても、私を頼りにしなさい、という意味だ。させも草はもぐさや蓬の異名で、第五一番の「さしも草」と同じ。「なほ頼め～」の歌は、「あなたを焼く蓬がしめぢが原で成長し続けるように、私は生きている限り必ずあなたを助ける。だから私を信じてほしい」と言い換えることができるだろう。忠通がこの歌の一節を口にしたということは、光覚のことは任せておけという意味にとれる。基俊は、この歌から「させも」を引用し、忠通の言葉を頼みにしていたのに、子の望みがかなえられない親の落胆を詠んでいる。

基俊は、古歌を重んじ、伝統的な立場をとる旧風を代表する歌人として高い評価を受けており、新しい歌風を求めた源俊頼(第七四番)と対立した。右大臣まで昇った藤原俊家《としいえ》の子でありながら、官位は従五位上左衛門佐で終わり、一一三八年、八〇歳近くになって出家し、覚舜《かくしゅん》と名乗った。勅撰集に一〇五首が入集し、私家集もある。今回は『千載集』から、自分の境遇を嘆く歌を二首紹介する。

「からくににしづみし人もわがごとくみよまであはぬなげきをぞせし(唐の国で不遇に沈んでいた人も私のように三代の天子に認めてもらえなかったことを嘆いたことです)」。漢の顔駟《がんし》という人物になぞらえて、出世できない自分を嘆いた歌だ。顔駟は漢の武帝から、年老いても低い地位にとどまっている理由を尋ねられ、武帝とその先代・先々代の皇帝の好みに自分が合わなかったために、どの皇帝の時代にも重用されなかったと嘆いたことで、官職を与えられた。彼と違って基俊は生涯官職に恵まれなかった。私自身の境遇と重なるようにも感じられ、あるいは誰しもそんなときがあるだろうと、深く共感した。

次は「秋はつるかれののむしのこゑたえばありやなしやを人のとへかし（秋の終わりに枯野に鳴く虫の音も途絶えたなら、せめて無事かどうかを尋ねてください）」。基俊はこのとき病気だったようだ。消えゆく虫の声に余命わずかな自分の生を重ねた表現に、なんという美しい表現をするのかと心を打たれた。

人間の命もまたはかないものなのだ。今の時代を生きる読者の皆さんは、病に限らず、消えゆく虫の声に重なる気持ちになったことはないだろうか。

76　権力者が詠んだ「わたの原」のスケール感とは？

法性寺入道関白太政大臣《ほっしょうじにゅうどうかんぱくだいじょうだいじん》

藤原忠通。一〇九七〜一一六四年。藤原忠実の息子。保元の乱では後白河天皇側につき、弟頼長と争って勝利した。

わたの原漕《こ》ぎ出《い》でてみれば久方の　雲井にまがふ沖つ白浪

Rowing out on the vast ocean,
when I look all around
I cannot tell apart
white billows in the offing
from the far-off clouds.

［現代語訳］
大海原に舟を漕ぎだして眺めてみると、雲と見紛うばかりに、沖の白波が立っていることだ。

スケールの大きい一首である。「わたの原」は大海原、広い海のことで、「漕ぎ出でてみれば」と続いて大海原に漕ぎ出す舟という壮大な風景が浮かんでくる。さらに、雲かと見間違えるような沖の白波というのは、ずっと遠く、水平線のあたりにある波のことであろう。第七一番などで紹介した、白いものに白いものを見立てる技法である。

柿本人麻呂の作とされる「ほのぼのと明石の浦の朝霧に島がくれ行く舟をしぞ思ふ（ほのぼのと明けてゆく明石の浦の朝霧の中に島に隠れて行く舟をしみじみと思うことだ）」という歌がある。平安後期の歴史物語『大鏡』では、今回の歌はこの人麻呂の歌とともに、もっとも著名な和歌のひとつとして取り上げられている。

「わたの原」は「広い海原」だが、英語の感覚で言うと海は、必ずしも大きな広がりのあるものとは限らない。悪天候の時は、遠くまで見えないこともある。そこで、英訳では「vast」をつけた。

西洋の「海」を題材にした音楽で最も有名なものの一つに、クロード・ドビュッシーの「La Mer（ラ・メール）」があるが、その楽譜の表紙には北斎の「神奈川沖浪裏」が使われている。ドビュッシーはこの版画をパリのアトリエに飾っており、当時フランスで大きな潮流となっていたジャポニスムの影響が指摘される。

北斎の有名な版画が私たちの遠近法に基づいた予想を破壊し、波を完全に正面から捉えた構図であるように、「La Mer」の三つの楽章はどれも海の広大さに焦点を当てていない。

北斎もドビュッシーも共通して、海の広大さよりも、私たちが海に抱く心の中のイメージへ目を向けるところに、近代的なものを感じる。「vast」の意味の裏に海ほど深い物語が潜んでいそうだ。

非常に雄大な、この和歌を詠んだ藤原忠通は、院政期を代表する政治家である。若くして藤原家の氏長者となり、二十五歳で関白になった後は、三十年以上にわたって摂関政治を行った。摂関政治とは言ったが、忠通の時代は、白河院以来の院政の影響や、平家をはじめとする武家の台頭など、これまでの摂関政治とは性質が異なっている。そのような流動的な権力の移り変わりの中で、忠通は失脚することなく栄え続けた。五摂家の礎を築いた人物であり、『玉葉』を記し政治家としても文化人としても一流の九条兼実や、『愚管抄』を記し、『百人一首』にも歌が採られた前大僧正慈円（第九五番）らを息子に持つ。

政治家としてだけでなく、文化人としても優れていた。『百人一首』に本歌が採られたように歌人として有名であるだけでなく、漢詩にも秀でていたとされる。極め付きには、書道にも精通しており、力強い筆致が特徴的な法性寺流の始祖でもある。なんでもできる完璧超人のようにも感じられるが、それだけ大きな権力を持っていたということなのかもしれない。

77 この歌を題材にして作られた古典落語とは？

崇徳院《すとくいん》——一一一九〜一一六四年。第七五代天皇。鳥羽天皇第一皇子。保元の乱で後白河天皇に敗れ、讃岐に流された。

瀬を早み岩にせかるる滝川《たきがは》の　われても末《すゑ》に逢はむとぞ思ふ

［現代語訳］
川瀬の流れが早いので、岩にせき止められてふたつに分かれる急流が、いつかはまたひとつに合流するように、今は別れてしまっても、末にはきっと逢おうと思う。

Like water rushing down
the river rapids,
we may be parted
by a rock, but in the end
we will be one again.

今回の歌は恋歌である。ただし、実際に誰かに贈られた歌ではなく、『久安百首《きゅうあん》』というイベントにおいて、「恋」に関する題で詠まれた「題詠《だいえい》」の歌。題詠とは、出された題にふさわしい和歌を詠むことだ。初句「瀬を早み」は、いわゆるミ語法で、「瀬が早いので」の意。初出の

『久安百首』では「ゆきなやみ」となっていたが、六番目の勅撰集『詞花集』では、『百人一首』と同じ形で載せられている。作者自ら「瀬を早み」に改めたらしい。初句から第三句までの上の句は序詞で、第四句「われて」は、水流が（川にある岩によって）二つに分けられる意と、恋人と別れる意との掛詞になっている。この歌は『百人一首』中で最もすばらしい歌の一つだと思う。第四六番、第四九番、そして今回の第七七番の三首は、普遍的な恋心を詠《うた》った名歌ではなかろうか。

この歌を題材にした、「崇徳院」という古典落語が有名だが、これも恋模様を描いた噺である。ある若旦那が寝込んでしまった。事情を問い詰めると、恋煩《わずら》いをしているという。恋の相手は、茶店で見かけた娘。その娘は若旦那に「瀬を早み岩にせかるる滝川の」という上の句を書いた紙を渡し、どこかへ去ってしまった。若旦那は再びその娘に逢いたいと思うが、娘の素性がわからない。そこで若旦那の父親は、褒美を出すから三日以内に娘を探し出してくれ、と出入りの職人に依頼した。

職人は懸命に探すが、目当ての娘が見つからないまま二日が過ぎる。妻からは「人が集まる風呂屋や床屋で『せをはやみ〜』と叫びながら探しなさい。もし見つからなかったら離婚する」とまで言われてしまう。三日目、言われた通りに数十軒の床屋をまわり、とうとう剃《そ》る髭《ひげ》もなくなってしまった夕方、ある床屋に入る。ちょうどそこに男が飛び込んできて、「出入り先のお嬢さんが恋煩いで、枕が上がらない。お茶の稽古の帰りに寄った茶店で、ある若旦那に一目惚《ぼ》れしたらしい。また逢いたいと思い『瀬を早み岩にせかるる滝川の』と書いた紙を渡したが再会できず、生死の境をさまよっている」という。男と職人は、互いが目指す相手に巡り会えたと気づいたが、どちらの店へ先に行くかでもみ合いになり、床屋の鏡を割ってしまう。怒る床屋の主に、二人は言う。「割れても末に買わんとぞ思う」。

今回の歌は、第一七番「ちはやぶる」と並んで、落語に取り入れられたことでも、よく知られていたのだ。日本文化の特徴は、古典を展開して新しい作品を生み出すところにある。これはその良い例で、和歌が落語の素材になった。こうしたパロディーによって、日本人は古典文学を継承し、感性を豊かにしてきたのだ。

78 「須磨」はいつから「もの悲しい場所」になったのか？

源兼昌《みなもとのかねまさ》――生没年未詳。源俊輔の子。勅撰集への入集は少ないが、一一〇〇年以降、多くの歌合に出席している。

淡路島通ふ千鳥の鳴く声に　いく夜《よ》寝覚めぬ須磨の関守

［現代語訳］
淡路島から通ってくる千鳥の悲しそうな鳴き声のために、いく夜、目を覚ましたことか、須磨の関守は。

Barrier Guard of Suma,
how many nights
have you been wakened
by the lamenting plovers
returning from Awaji?

この歌は前回の歌と同じく、題を出され、その興趣にふさわしい歌を詠む「題詠」の歌だ。「関路千鳥《せきじのちどり》」という題だったので、作歌にあたっては、まず関所のある場所、さらに千鳥が住む水辺を思い浮かべる。かつて須磨（兵庫県）には関所があったとされ、また海辺であるから題に適《かな》う。明石海峡を挟み、その対岸に淡路島がある。そこから千鳥が飛来すると詠んだ。題詠でありながら確かな哀愁を感じさせ、須磨から淡路島を望む景色が目の前に浮かんでくるようだ。昔の人々は「須磨」という歌枕にもの悲しさを感じた。須磨は『源氏物語』で失脚した光源氏が身を置いた場所であった。貴公子が失意のなか都落ちするイメージは後代の作品に大きな影響を与えた。

この歌も、『源氏物語』須磨巻を下敷きに詠んだとされることがある。須磨巻といえば、皆が寝静まる中、ひとり目を覚ました光源氏が、都を想って歌を詠む場面が思い出される。その姿が須磨の関守に重ねられるのだろう。彼は毎晩ひとりで、鳥たちのもの悲しい歌を聞いているのだ。このように物語を踏まえて詠むことを「本説取《ほんぜつどり》」という。特に『伊勢物語』『源氏物語』は多くの歌人に学ばれた。

例えば藤原定家の父俊成には、自らの代表作として『千載集』にも採った「夕されば野べの秋風身にしみてうづら鳴くなり深草の里（夕方になると、野に吹く秋風が身に沁みて、鶉が鳴いているのが聞こえる。深草の里では）」という歌がある。これは『伊勢物語』一二三段で男に捨てられる深草の女が詠んだ歌を踏まえている。男は女に飽きてきたので、「年を経てすみこし里をいでていなばいとど深草野とやなりなむ（私が長く通い住んだ里を出ていってしまうと、ここ深草はいっそう草深い野になるでしょうね）」と別れを告げるような歌を詠んだ。女は「野とならばうづらとなりて鳴きをらむかりにだにやは君は来ざらむ（深草が野となったなら、私は鶉となって鳴いているでしょう。そうすればあなたも、鶉を狩りに、かりそめにでもまたここにいらっしゃるでしょう）」と返した。男は感嘆して、女の元を去る気をなくしたのだ。俊成の「夕されば」の歌は、秋の情景を詠んだ歌であるが、『伊勢物語』一二三段を踏まえることで、鳴いている鶉が男に捨てられた女の化身であることを漂わせ、「秋風」には男が女に「飽き」た意を響かせる。

79 「柿本人麻呂」を崇拝する父子が始めた儀式とは？

左京大夫顕輔《さきょうのだいぶあきすけ》

――藤原顕輔。一〇九〇〜一一五五年。藤原顕季の三男。清輔の父。『詞花集』の撰者。

秋風にたなびく雲の絶え間より　もれいづる月のかげのさやけさ

Autumn breezes blow
long trailing clouds.
Through a break,
the moonlight—
so clear, so bright.

［現代語訳］
秋風に吹かれてたなびく雲の切れ間から漏れ出る月の光の清く澄んだ明るさよ。

たなびくは、雲や霞《かすみ》をはじめ煙や霧などが薄く層になって横に長く続くさまを言う。月の影は月の光のことで、さやけさは清らかで澄んでいるさまやはっきりとしている状態を表す「さやけし」という形容詞の名詞形である。

この歌の出典である『新古今集』の詞書にある「百首歌」とは『久安百首』のこと。『久安百首』の諸本には、二句目が「ただよふ雲の」となっているものもあり、この違いに言及する古注釈(江戸時代以前の注釈)も少なくない。また、古注釈では、「月在浮雲浅処明(月浮雲の浅き処に在りて明らかなり)」という漢詩の一節を引いて趣が共通していることを指摘している。

作者の藤原顕輔は、一二世紀の歌壇を代表する歌人の一人であり、『金葉集』以降の勅撰集に八四首入集している。また、崇徳院の院宣を受けて『詞花集』の撰者となった。父の顕季《あきすえ》も歌人として知られ、その母が白河院の乳母であったこともあって、顕季は白河院の寵臣となり、多くの歌合の主催や判者を務めるなど、歌道家・六条藤家の基礎を確立した。中でも、特筆すべきは、人麻呂影供《えいぐ》を創始したことである。人麻呂影供は顕輔にも受け継がれており、今回は人麻呂影供と、顕輔が人麻呂歌を踏まえて詠んだ歌について紹介したい。

人麻呂影供とは、「歌聖」として歌人から崇拝される柿本人麻呂を祀る儀式のことである。一一世紀には人麻呂の肖像が描かれるようになっていたというが、人麻呂影供では、人麻呂の肖像を掲げ、その前に香や花、供物を供えて歌会を催すことによって、歌の上達を祈った。人麻呂を神として祀る神社も全国各地に見られる。

『千載集』にも採られている顕輔の「東路の野島が崎の浜風に我が紐結ひし妹が顔のみ面影に見ゆ(東路の野島が崎の浜風に吹かれ、私の衣の紐を結んでくれた妻の顔ばかりが面影に浮かぶ)」という歌は、『万葉集』の「淡路の野島の崎の浜風に妹が結びし紐吹き返す(淡路島の野島の崎の浜風に、妻が結んでくれた紐を吹き返させている)」という人麻呂の歌を意識して詠まれたものである。人麻呂の「淡路の野島の崎」から「東路の野島が崎」に舞台を変えているが、風に吹かれつつ妻を思う内容は共通しており、「東路の」の歌からは、歌聖・人麻呂への敬意が感じられる。一般的な短歌ではなく、五七五七七七という珍しい歌体（通常「仏足石歌」と呼ばれる歌体だが、『千載集』では「旋頭歌《せどうか》」と記されている）に仕立てられていることも、古歌に学ぶ意識の現れだろう。

私にとっては、過去の偉大な歌人が神にまでなるというのは、日本的で不思議な現象である。しかし、かく言う私も、歌の言葉、リズム、内容、どれをとっても優れた歌人である人麻呂を深く尊敬する一人なのである。歌や文章の上達を絶えず人麻呂に祈願したい。

80 「黒髪の乱れ」は何を表しているのか？

待賢門院堀河　たいけんもんいんのほりかわ

——生没年未詳。源顕仲の娘。待賢門院（藤原璋子）に仕え、彼女の出家に合わせて出家した。

長からん心も知らず黒髪の　乱れて今朝は物をこそ思へ

After you left this morning
my raven locks were full of tangles,
and now — not knowing
if you will always be true —
my heart is filled with tangles, too.

［現代語訳］
末永く変わらないあなたの御心かもわからず、黒髪が寝乱れているように、あなたとお逢いしてお別れした今朝は心も乱れてもの思いをしております。

今回の歌も『久安百首』の一首で、男からの後朝の歌に返歌をするという設定で詠まれている。後朝の歌は、男女がともに夜を過ごした翌朝に男から女へ贈る歌のこと。ただ、この歌は題詠（テーマを与えられて創作する歌）なので、男の贈った歌が実際にあるわけではないだろう。初句の

「長からん」と四句目の「乱れて」は、ともに「髪」の縁語。乱れ、もつれた髪のイメージは、恋人たちが一緒に夜を過ごしたことを感じさせると同時に、逢瀬のあとの作者の複雑な感情の比喩でもある。後朝の歌である第五〇番が、逢瀬を果たしたことによってもっと生きていたくなったという輝かしい高揚感を述べるのに対し、この歌では相手がいつまで自分のことを思ってくれているか信じられず、思い悩んでいる。

今回は、女性の髪を詠んだ歌をいくつか紹介しよう。まずは古く『万葉集』から。

「志賀《しか》の海人《あま》はめ刈り塩焼き暇《いとま》なみくしらの小櫛《をくし》取りも見なくに（志賀の海女は海藻を刈ったり塩を焼いたりして暇がないので、髪をすく櫛さえ手に取って見もしないことだ）」（石川少郎《いしかわのしょうろう》）

「志賀」は、現在福岡県の地名。この歌を詠んだ石川少郎は、神亀年間に大宰少弐《しょうに》に任じられており、その頃の作と推測される。「くしら（髪梳）」は「くしげ」と訓む説もあるが、鎌倉時代に仙覚《せんがく》が『大隅国風土記』を引いて、方言の「くしら」と訓むべきとしている。九州に赴任した都人・石川少郎が耳慣れない方言を耳にして興味を持って、それを詠み込んだのであろう。

平安朝では、女性の髪の美しさを「美女の条件」とする男性の目線があったが、この歌から、それは万葉集にまでさかのぼることがうかがえる。

現代短歌では、与謝野晶子《よさのあきこ》ら女性歌人によって取り上げられ、特に恋愛における複雑な感情を表現するのに使われた。与謝野晶子の第一歌集は『みだれ髪』というタイトルである。髪というモチーフは美しさの象徴であり、彼女の短歌に不可欠な要素であった。

「その子二十櫛《はたち》にながるる黒髪のおごりの春のうつくしきかな（その娘は二〇歳。櫛に豊かに流れていく黒髪の、誇らしく思える春のなんと美しいことだ）」は有名で、長い髪をとかす官能的なさまが目に浮かぶ。与謝野晶子の髪についての観念、つまり美しさや官能性がよく表れているように思う。

もちろん髪の「乱れ」も彼女の歌のテーマであり、「くろ髪の千すぢの髪のみだれ髪かつおもひみだれおもひみだるる（黒髪の豊かな千筋の髪のみだれ髪。同時に私も恋に思い乱れ、思い乱れている）」は、古典である今回の歌との共通性を感じる。

81 「ホトトギス」にはどのようなイメージがあるのか？

後徳大寺左大臣《ごとくだいじのさだいじん》

藤原実定。一一三九～一一九一年。藤原公能の息。祖父も徳大寺左大臣と称されたため「後」を付けて区別される。

ほととぎす鳴きつる方を眺むれば　ただ有明の月ぞ残れる

I look out to where
the little cuckoo called,
but all that is left to see
is the pale moon
in the sky of dawn.

［現代語訳］
ほととぎすが鳴いた方角を眺めると、ただ有明の月だけが残っている。

平安時代の貴族は、夏の訪れを告げるホトトギスの初音を聞くのを楽しみとしていた。この歌ではホトトギスの声を聞けた喜びが、さらに夏の有明の月を見る喜びへ展開していく。初句と二句では聴覚によって、三句以下では視覚によって世界を捉えており、この二つの異なる感覚が自然に繋がっている表現がすばらしい。

作者の藤原実定《さねさだ》は藤原俊成（第八三番）の甥《おい》で定家のいとこにあたる。和歌のほかに管弦に優れていたことでも知られ、日記や私家集を残した。勅撰集には七十首余りが入集する。

ホトトギスはその鳴き声が名の由来と考えられ、和漢の異名が非常に多い。漢語の「子規」・「子鵑《しけん》」は「規《き》」「鵑《けん》」が鳴き声を表すとされ、「不如帰」は鳴き声が「不如帰去《ふじょききょ》」と聞こえるからとも言われる。また、中国では戦国時代の蜀の望帝《ぼうてい》という皇帝が、死後にホトトギスになったという伝説があり、そのために「蜀魂《しょくこん》」「蜀魄《しょくはく》」、また望帝の本名が杜宇《とう》であったことから、「杜宇」や「杜鵑《とけん》」などの異名もある。

「時鳥」という表記がよく知られるが、これは季節に応じて鳴く鳥の意味だという。また「死出《しで》の田長《たおさ》」という異名もあり、冥土に通う鳥や田植えの時季を告げる鳥ともされる。

ホトトギスは托卵《たくらん》する習性で知られる。ウグイスやミソサザイなどの巣に産みつけられたホトトギスの卵は、その巣の親鳥の卵よりも少し早く孵化《ふか》する。その雛《ひな》は他の卵を巣の外へ放り出し、自分だけを親鳥に育てさせるのである。

こうした習性は古くから知られていたようで、『万葉集』にも托卵を踏まえた歌が見られる。

ホトトギスを「郭公」とも表記することがあるが、これは同じカッコウ目カッコウ科に属する別の鳥であるカッコウと混同されたためである。カッコウをホトトギスの雌だと考える俗説もあったようだ。カッコウも同様に托卵する習性があるため、英語ではカッコウを表す cuckoo から派生した cuckold という言葉が、寝取られ男の意味で使われている。シェイクスピアは春の季節をこんな風に詩にしている。

The cuckoo then, on every tree, / Mocks married men; for thus sings he: 'Cuckoo!（そしてどの木の上にもカッコウがいて、既婚男性をあざわらってこのように歌う、カッコー！）

ホトトギスもカッコウも、昔から洋の東西でそれぞれ強いインパクトを人々に与え、詩や歌に詠まれてきた。一方で鳴き声や象徴する季節、文化的な扱いには違いもあり、東西の文化比較としても興味深い。

82　僧なのに「歌狂い」がいるのはなぜか？

道因法師《どういんほうし》――藤原敦頼。一〇九〇～一一八二年頃。八〇歳を過ぎてから出家し、晩年は比叡山に住んだと伝わる。

思ひわびさても命はあるものを　憂きにたへぬは涙なりけり

［現代語訳］
恋人のつれなさに思い悩み、それでも命はつないでいるのに、その辛さに堪えきれず絶え間なく流れてくるのは涙であることだ。

I somehow live on,
enduring this harsh love,
yet my tears
—unable to bear their pain—
cannot help but flow.

この歌は『千載集』の恋の部に入っている。そのことを踏まえれば、こちらが思うほどには気持ちを返してくれない恋人の冷たさが辛く、涙を流している歌ということになるだろう。だが、一首単独で読んだときにはそうとも言い切れない。悲しいことがあり涙をこらえきれないという内容は変わらないが、その涙の原因が恋とは限らない。人生におけるもっと別の苦しみを嘆いている歌とも解釈できるであろう。

道因法師は一般にイメージされる僧とは、かなり異なった人物であると言えよう。一言で言うと、歌狂いなのである。歌を詠むことに真摯に取り組んでおり、和歌を詠むことが上達するようにと、住吉社への参詣を、毎月欠かさなかったとされる。八十歳を過ぎて比叡山で暮らすようになってからも、歌会の場には参加し、和歌に対する熱は冷めなかったようである。

藤原俊成は道因法師の死後に、彼のひたむきに歌に取り組む姿勢を評価し、『千載集』に道因法師の和歌を二十首入集させている。もともとは十八首を入集させる予定であったが、道因法師が俊成の夢枕に立ち、涙ながらに『千載集』への入集の感謝を伝えた。俊成は道因法師の和歌への執心に感動し、さらに二首を加えることにして、現在のように二十首の和歌が入集されることとなったという。いかにも、歌に狂った僧である、道因法師らしいエピソードである。

『百人一首』の詠み人にお坊さんが多いのは、寺院文化圏に和歌をはじめとした貴族文化が根付いており、相互の文化的交流がなされていたからである。貴族の子息の中にも、後継ぎにはなれないので僧になるといった例は多い。僧になるからと言って、貴族との縁が切れるわけではなく、むしろ貴族と僧との関係がより密になっていく。皇族や高位の貴族が出家して、居住するようになった格式のある寺院が門跡と呼ばれるが、京都の周辺に門跡寺院が多いのは、このような貴族と僧の関係が背景にある。

皆さんは、坊主めくりという遊びをしたことがあるだろうか。『百人一首』の絵札があればできて、分かりやすく、老若男女問わず熱中できる遊びである。坊主めくりでは、山札から一枚ずつ『百人一首』の絵札を引いていき、坊主の絵柄が出ると手札を全て没収され、姫の絵柄が出るとそれまで没収されていた札を全て回収できるというルールが一般的かと思われる。他にも天皇の絵札が出たら山札以外の札を総取りできたり、蟬丸の札を引くと負けが決まったりと、ローカルなルールはそれぞれにあるが、坊主の絵札を引くと、没収というのは共通しているようである。その意味で、『百人一首』のお坊さんは疎まれがちであり、選ばれた十二人のお坊さんには、同情してしまう。

83

俊成が日本文化に残した「巨大な影響」とは？

皇太后宮大夫俊成《こうたいごうぐうのだいぶしゅんぜい》 ―― 藤原俊成。一一一四〜一二〇四年。俊忠の子。定家の父。『千載集』の撰者。

世の中よ道こそ無けれ思ひ入る 山の奥にも鹿ぞ鳴くなる

There's no escape in this sad world.
With a melancholy heart
I enter deep in the mountains,
but even here I hear
the plaintive belling of the stag.

［現代語訳］
世の中というものはまあ、憂さを逃れる道がないものなのだなあ。深く思い込んで入ってきた山の奥でも、鹿が悲しげに鳴いていることだ。

『百人一首』の撰者とされる藤原定家の父、俊成の作。定家は自身の別の秀歌撰にもこの和歌を選び入れていて、高く評価していたことが知られる。この歌は二句切れで、「世の中よ道こそ無けれ」でいったん切れる。「思ひ入る」は深く考え込む意だが、山に「入る」意味もかけられている。第五番の「奥山に紅葉踏み分け鳴く鹿の声聞く時ぞ秋はかなしき」は、鹿の声が悲しく感じられるとしたものであった。俊成の和歌も同様に、鹿の鳴き声を悲しいと詠む。平安時代以降、鹿の声は秋の哀愁を感じさせるものとして繰り返し詠まれてきた。

俊成は和歌の世界において、非常に影響力のあった人物である。いや、和歌の世界だけでなく、日本の文化に与えた彼の影響はあまりに大きい。

日本の中世を代表する美意識に「幽玄」というものがある。平安時代に「もののあはれ」や「をかし」という美意識が重要であったように、中世では「幽玄」が重視された。幽玄とは、物事に宿る奥ゆかしい美しさや優美さを表す語である。この幽玄という価値観・美意識は、もともと俊成が和歌を評価する際に用いていた。俊成が和歌の批評に用いるようになってからは、和歌だけでなく連歌や俳諧、能楽や茶道、あるいは建築様式に至るまで、あらゆる日本文化に幽玄という美意識が求められるようになった。

現在に至るまで、和歌が吟じられ、享受されてきたことも俊成の影響である。第三番の解説でも説明したが、俊成は「歌はただよみあげもし、詠じもしたるに、何となく艶にもあはれにも聞ゆる事のあるなるべし」と、和歌を発声することで良さが分かるという、和歌論を述べている。歌は字面だけを追うのではなく、発声し言霊の世界と繋がることで真価を発揮する。ここにも俊成の志向する歌の世界観が垣間見える。

他にも、俊成の和歌の批評が、日本の文化に大きな影響を与えた例がある。俊成が歌合の場で、和歌を評価する際に、「源氏見ざる歌詠みは遺恨の事なり」と語ったことがある。『源氏物語』を読まない歌人は残念なことである、という意味であり、これ以降の歌人にとって、『源氏物語』は必読の物語となった。和歌の世界では取り上げられることがそれほど多いわけではなかった『源氏物語』が、いきなり読んでいないと恥ずかしいものに変わったのである。『源氏物語』が現在に至るまで、日本を代表する文学作品であり続けたのは、俊成の影響が大きかったといえるかもしれない。

『平家物語』にも俊成にまつわる有名なエピソードがある。俊成には平忠度《ただのり》という和歌の弟子がいた。忠度は平家の武士であり、源平の合戦で平家が不利になると、再起を図るために、西国へと都落ちすることとなった。忠度は一度都へと引き返し、俊成に自身の和歌集を託し、ふさわしい和歌があれば勅撰集に載せてほしいと頼んだ。平家が滅亡した後、俊成は『千載集』を完成させたが、その中には忠度の和歌が詠み人知らずの歌として入集された。俊成の情け深い姿勢が表れた話である。

84 父に冷遇された苦労人が詠んだ「辛さ」とは？

藤原清輔朝臣《ふじわらのきよすけあそん》

――一一〇四～一一七七年。藤原顕輔の次男。父の後を継ぎ、六条藤家歌学を確立した。

長らへばまたこの頃《ごろ》やしのばれん 憂しと見し世ぞ今は恋しき

Since I now recall fondly
the painful days of the past,
if I live long, I may look back
on these harsh days, too,
and find them sweet and good.

〔現代語訳〕
もし生きながらえていたら、また同じように、この頃のことも懐かしく思われるのでしょうか。辛いと思っていたあの頃のことが、今は恋しく思われるのですから。

この歌は『清輔集』にも収録されていて、その詞書から清輔が三〇歳前後のときの歌と推測されている。「この頃」は辛いことの多い現在のこと。「憂しと見し世」は辛いと感じていた昔のこと。そのことが「今は恋し」く思われるという。時間の経過によって辛いこともいつかは懐かしく思われるだろうという普遍的な心情を詠んだ歌だ。

英語の詩にも過去を回想する作品はたくさんあるが、私の一番のお気に入りは、クリスティーナ・ロセッティの「リメンバー」。「もしあなたがしばらくの間、私を忘れても／思い出しても、悲しまないで／私を覚えていて悲しむよりも／私を忘れて微笑むのがいいです」――相手が苦しむよりは、むしろ忘却してほしいという考え方は、英語圏では新鮮で優しいものだ。けれども、こんなに美しい心を持った人を忘れることなんてできるだろうか？

さて、和歌の世界に戻ると、今回の作者・藤原清輔は必ずしも順調な人生を送っていたわけではない。父の顕輔（第七九番）と仲が悪く冷遇され、官位に恵まれなかった。顕輔が崇徳院に命じられて編纂した勅撰集である『詞花集』にも、清輔の意見はほとんど反映されず、清輔の歌が選ばれることもなかった。また、清輔自身も二条天皇から勅撰集の編纂を命じられ、『続詞花集』を編んだが、二条天皇の崩御により勅撰集として世に披露されることはなかった。清輔は勅撰集の撰者を依頼されるほどの力量を備えながらも、その機会を失ってしまったのである。

清輔は歌人として、学者として、極めて優秀で、『奥義抄』『和歌一字抄』、広範な故実を記した『袋草紙』『袖中抄《しゅうちゅうしょう》』などの歌学書を著した。最後には顕輔の後を継ぎ、当時の歌壇に影響力を及ぼした。

彼の著した『袋草紙』には、歌人や歌枕にまつわる逸話が載せられ、江戸時代に至るまで人々に愛読された。その一つは、昔、竹田大夫国行という人が陸奥に下り、白河関を越える時、服装をきちんとしたものに改めたので、人びとがその理由を尋ねたところ「能因法師が、『秋風ぞふく白河の関』と詠まれたところをどうして平服で過ぎることができよう」と答えたというもの。歌枕とそこで詠まれた秀歌に対しての心構えを描く清輔には、歌というものへの信仰にも似た強い思い入れがあったのだろう。

そんな憧れの対象ともなった能因法師の登場する逸話も『袋草紙』にある。藤原節信《ときのぶ》がはじめて能因法師に会った時、能因は懐から錦の小袋を取り出して節信に見せた。中には鉋屑《かんなくず》が一片あり、「これは私の大切な宝物で、長柄《ながら》の橋を造った時の鉋屑です」と言う。すると節信はたいそう喜び、彼も懐中から干からびた蛙を取り出し、「これは井手の蛙でございます」と言った。二人は互いに感心しあって、おのおの大切に懐にしまって別れた。長柄橋と井手の玉川はともに歌枕で、和歌の聖地と言える。いわばマニアのコレクションという感じだが、能因はそれほど熱い思い入れを和歌に持っていたということだ。そして清輔は歌を学ぶ人にそれを伝えたいと思ったのだ。

85

「夜明け」は来てほしいものか、来てほしくないものか？

俊恵法師《しゅんえほうし》

――一一一三～一一九一年頃。源俊頼の子。白河の自坊を「歌林苑」と名付けて歌会を催した。

夜もすがらもの思ふ頃は明けやらぬ 閨《ねや》のひまさへつれなかりけり

I spent the night in longing
but the day would not break
and even gaps in the shutters
were too cruel
to let in a sliver of light.

［現代語訳］
一晩中、つれない恋人のことを想って物思いをしている今日この頃は、なかなか夜が明けない。寝室の戸の隙間までも、つれないものと感じられることよ。

「小倉擬百人一首」 俊恵法師
／国立国会図書館デジタルコレクション

女性の立場から詠まれた歌。一人寝の夜は辛いから、早く明けてほしいと思う。けれども閨の戸の隙間からは、なかなか朝日が差してはこない。男の訪れがなく、そのうえ「閨の隙」さえも無情であると詠む。

夜明けはさまざまな感慨をもたらす。共寝をした男女にとっては別れがつらい時間であり、男の訪れを待ち続ける女にとっては待つことの終わりを迎えられる区切りの時間である。

さて、これまでに何度か『百人一首』と関連する芸術について紹介してきたが、今回は浮世絵を取り上げたい。一八四五年、伊場屋仙三郎という版元が、当時の著名な画家によってデザインされた一〇〇枚の版画を制作するという壮大なプロジェクトに乗り出した。このプロジェクトの題材が『百人一首』であった。一〇〇首それぞれの歌が、日本の歴史や伝説の一場面を描いた版画とペアになっていた。版画を手に入れた人は、版画に描かれた場面と和歌の繋がりを発見する面白さに挑戦した。

一八三〇年代の葛飾北斎と、一八四〇年代の歌川国芳もまた、『百人一首』の版画シリーズの制作を試みている。しかし、どちらも未完成のまま終わってしまった。その一方で、伊場屋仙三郎が企画した『百人一首』の版画シリーズ――「小倉擬《なぞらえ》百人一首」はすべて完成し、大成功を収めた。今日でも世界中に多くの作品が残っている。

「小倉擬百人一首」のプロジェクトは、五一枚の版画をデザインした歌川国芳をはじめ、三五枚を担った歌川広重、一四枚のデザインを手掛けた歌川国貞によって完成された。版画をデザインするにあたって、最大の資料となったのが、『平家物語』、『太平記』、『曾我物語』。加えて歌舞伎、特に『菅原伝授手習鑑』であった。「小倉擬百人一首」の前半五〇枚は、天保の改革による規制があったため、表立って歌舞伎の一場面を題材にすることはできなかった。それに対して、後半五〇枚の頃は規制が緩和されたこともあり、すべてが歌舞伎の場面にちなんでいる。その中の一部は特定の演目に関係している。

　今回の歌である第八五番の版画として描かれるのは、歌舞伎の「鴛鴦襖恋睦《おしのふすまこいのむつごと》（鴛鴦《おしどり》）」の一場面。版画は歌川国芳によるもの。「鴛鴦襖恋睦」は、鴛鴦《おしどり》が生涯の恋人同士（つがい）であるという考え方に基づいた復讐《ふくしゅう》劇である。この演目は、「襖」＝閨の戸という言葉で第八五番歌とつながっている。もちろん、平安時代には「襖」という建具はないし、「鴛鴦の衾《ふすま》」は婚礼の夜具のこと。しかし、江戸時代の連想で両方を結びつけたところに、謎解きの遊び心がある。

　これらの版画は日本文化史に広く見られるリメイクの文化が、日本における文学作品（今回の場合で言えば『百人一首』）のさらなる普及に大きく貢献したよい例でもある。

86　西行はなぜ「花」と「月」を愛したのか？

西行法師《さいぎょうほうし》——一一一八～一一九〇年。俗名は佐藤義清。元北面の武士。出家して西行と号した。家集に『山家集』がある。

嘆けとて月やはものを思はする　かこち顔なるわが涙かな

It is not you, Dear Moon,
who bids me grieve
but when I look at your face
I am reminded of my love—
and tears begin to fall.

［現代語訳］
「嘆け」といって月が私に物思いをさせるのだろうか、いやそうではない。本当は恋の物思いのせいなのに、まるで月のせいかのようにして流れる涙であることよ。

前回に続き恋歌である。西行は、『新古今集』ではもっとも多くの歌を採られ、別格の扱いをされていた。藤原定家は、その西行の歌として恋歌を選んだ。この歌は、西行の自信作としても知られていた。

上の句では月を、下の句では涙を、それぞれ擬人化している。「かこち顔」とは、かこつける、つまり月のせいにするような顔をすること。「〜顔」はくだけた口語的な表現で、西行が好んだ言い方だ。

西行は、北面の武士であったが二三歳の時に妻子を捨てて出家した。その後は東山などに草庵《そうあん》を結んだ後、諸国を行脚しながら歌を詠んだ。『詞花集』以降の勅撰集に二六六首が入集している。亡き崇徳院（第七七番）の跡を讃岐の配流地に訪ね、藤原俊成（第八三番）とも交流があった。その生き方はさまざまな伝説としても伝わり、世阿弥の能「江口」などの謡曲にも描かれている。松尾芭蕉をはじめ、後世の多くの歌人、俳人が西行を手本とし、その歌、生きざまに触発された。『山家心中集』という、西行自身が『山家集』から歌を抄出した秀歌撰集があるが、その伝自筆本の内題の下には、藤原俊成に酷似する筆跡で「花月集ともいふべし」と書かれている。花と月は、西行がとりわけ愛した心の友であった。

今回は、月を詠んだ歌の中から数首を紹介したい。

「花ちらで月はくもらぬ世なりせばものを思はぬ我が身ならまし（花が散らず、月が曇ることもない世の中であったならば、物思いをすることもない我が身であっただろうに）」（『風雅集』）。この歌では「花」と「月」という二つの自然の景物と、西行自身の心の風景が見事に符合している。

「宮こにて月をあはれと思ひしはかずにもあらぬすさびなりけり（旅先で見る月と比べると、都で月を見て「あはれ」と感慨に耽《ふけ》っていたのは何ということもない気まぐれであった）」（『新古今集』）。西行にとって、旅の月こそが見るべき本来の月でもあった。西行と同じく各地を旅した松尾芭蕉が憧れたのは、この歌にみられるような西行の心だったのであろう。

一方で、西行の詠む月には死や別れを連想させるものもある。「もろともにながめながめて秋の月ひとりにならむことぞかなしき（共に眺め続けてきた秋の月を、これからは一人で眺めることになると思うと悲しい）」（『千載集』）では、月を共に見ることができなくなると詠むことで西住《さいじゅう》上人との死別が間近に迫っていることを嘆く。

西行の月の歌で最も有名なのは、自身が理想とする死に方を詠んだ次の一首ではないだろうか。「願はくは花の下にて春死なむそのきさらぎの望月《もちづき》のころ（願うことは、満開の桜の木の下で春に死にたいということだ。二月一五日の満月の頃に）」（『続古今集』）。

西行はこの願い通りの最期を迎えた。

87 歌に詠まれているのは「近景」か「遠景」か？

寂蓮法師《じゃくれんほうし》――俗名は藤原定長。一一三九年～一二〇二年。俊成の甥で、後に養子となる。三〇代で出家。『新古今集』の撰者となるが、完成前に没した。

村雨《むらさめ》の露もまだひぬ真木《まき》の葉に 霧立ちのぼる秋の夕暮れ

Drops of rain
from the sudden shower
have not yet dried
on the conifer leaves
as fog rises in the autumn dusk.

［現代語訳］
むら雨の露もまだ乾かない真木の葉の辺りに霧が立ちのぼる秋の夕暮れであることよ。

むら雨はにわか雨のことで、秋の景物として歌に詠まれることも多い。真木は優れた木を意味し、杉や檜《ひのき》などの総称である。

『百人一首』の古注釈では、秋の夕暮れの深山の景色を目にした感動を詠んだ歌として解釈される一方で、眼前の風景の移り変わりに主眼が置かれた歌であるとの指摘も見られる。秋の冷たい雨がまだ乾かず、白い霧が木々の暗い背景から浮き上がるように立ち上る様子を見事に写し取っている。葉の上の小さな水滴から、全体の景色への移動は、クローズアップした画面からカメラをゆっくりと引いていく映像を思わせる。英訳では、元の歌の構造を忠実に再現し、読み進めると秋の情景全体へ広がるよう心掛けた。

この歌の出典である『新古今集』には秋の夕暮れを詠んだ歌が多く、中でも、この歌と同じ寂蓮法師の「寂しさはその色としもなかりけり槙立つ山の秋の夕暮」を含む三夕の歌はよく知られている。

寂蓮の歌は、国語の教科書にも取り上げられることが多く、親しまれている。今回は、平藤《ひらふじ》幸氏「国語教科書の『百人一首』」（『百人一首の現在』青簡舎、二〇二二年）に基づき、『百人一首』と教科書の関係を見ていくことにしよう。平藤氏によれば、この歌は小学四年生の教科書や、高校の古典の教科書で取り上げられ、また他の『百人一首』の歌も、小学校から高校までの教科書で、元の勅撰集などの歌集から採られているものも含め、多数採用されている。

戦前の教科書では、『百人一首』そのものは教材として採択されていなかったという。明治時代の中学校や師範学校の教科書では、江戸時代の国学者・尾崎雅嘉《まさよし》による『百人一首』の解説書『百人一首一夕話《ひとよがたり》』から歌人の説話が引用されているが、『百人一首』の歌自体は載せられていない。高等女学校の教科書では、小式部内侍など女性歌人の逸話を中心に載せるが、やはり歌よりも歌人の才覚などに焦点が当てられているようである。

戦後になると、『百人一首』の歌が、元の歌集ではなく『百人一首』として載せられるようになり、特に高校の教科書では重要度が高まってきているという。

『百人一首』の撰者については、戦前は、歴史学者による教科書が藤原定家撰とする一方で、国文学者によるものには、撰者未詳とすることもあった。戦後の教科書では、慎重な意見もあるが、定家撰と断言するものがなお多い。定家撰とする学界の趨勢《すうせい》によって『百人一首』が権威づけられ、高校の教科書で『百人一首』の歌が採択されるようになったという。しかし、今後は『百人一首』が定家撰でないことが確説になっていくと予想され、その権威がなくなった時、教科書での『百人一首』の扱いが変わる可能性もあるようだ。

私は最初に『百人一首』を英訳した時、高校の国語教科書をテキストとして利用した。国語教科書は『百人一首』を知る入り口の一つとして重要な役割を果たしているし、これからもそうあってほしい。

88

「身をつくす」姿を北斎はどう描いたか？

皇嘉門院別当　こうかもんいんのべっとう

生没年未詳。源俊隆の娘。崇徳院中宮（皇嘉門院）聖子に仕えた。一一七五年以降の歌合に名を残し、一一八一年には出家していた。

難波江《なにはえ》の葦のかりねの一よゆゑ　身をつくしてや恋ひわたるべき

For the sake of one night
on Naniwa Bay,
short as the nodes
of a root-cut reed,
must I love you with all my heart?

［現代語訳］
難波江の葦の刈り根の一節《ひとよ》のような、短い旅の仮寝の一夜の契りのために、我が身を捧げ尽くして、ずっと恋い慕い続けるのでしょうか。

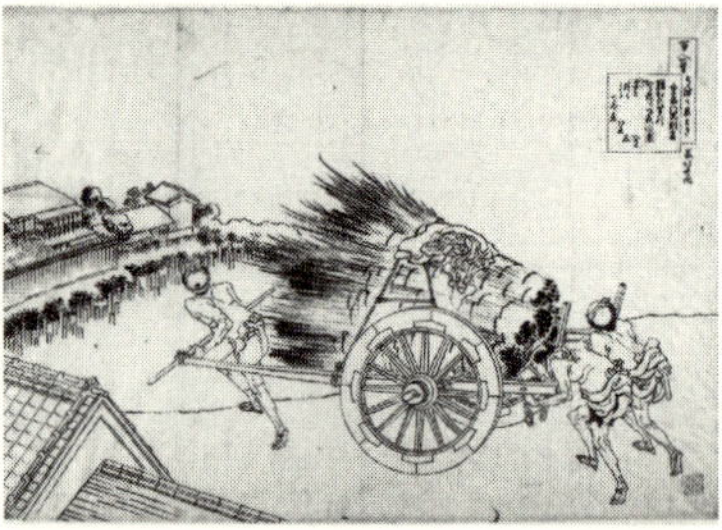

葛飾北斎「百人一首姥がゑとき　皇嘉門院別当の下絵」

出典の『千載集』の詞書によれば、歌合の席で「旅宿逢恋《りょしゅくにあうこい》」という題で詠まれた題詠歌である。

難波江は難波（大阪市）の入江のことである。難波は葦の名所として知られており、その葦は短い時間の比喩として歌によく使われた。また、澪標《みおつくし》も難波の景物で、現在でも大阪市のマーク（市章）になっている。澪標とは水路の標識で、木でできているため海水ですぐに朽ちてしまうことから、恋のはかなさがイメージされ、恋歌にしばしば詠まれる。

「かりね」は草木を刈った後に残る根を意味する刈り根と、旅寝を意味する仮寝とが掛けられている。「一よ」も一節と一夜の掛詞で、「身をつくして」も澪標を掛けている。さらに、「葦」「刈り根」「一節」「澪標」「わたる」はいずれも難波江の縁語であり、「難波江の葦の」は「かりねの一よ」を導く序詞となっており、みごとに和歌の表現技巧が尽くされている。

『百人一首』は日本の文学史の中で何度も絵画に描かれてきたが、特に有名で興味深いのが葛飾北斎の「百人一首姥《うば》がゑとき（絵解き）」である。北斎といえば「富嶽三十六景」で知られているが、この「百人一首姥がゑとき」は彼の版画シリーズの最後を飾るものだった。『百人一首』なので一〇〇枚になるはずだが、完成されたものは二七点にとどまる。しかし六二点については図面やデザインが残っており、計八九点を知ることができる。私は、これらが、彼の豊かな発想力を示す素晴らしい例であると思う。

北斎の「姥がゑとき」は、乳母が子供に絵で説明するという視点で見立てられている。歌に対する彼女の誤解として描かれる視覚的な解釈は、時に滑稽なほど面白い。例えば、第六一番の「いにしへの奈良の都の」に歌われるのは、奈良から献上された桜の枝である。しかし、北斎は、奈良から桜の「木（桜という言葉は、花も指すし木のことも指す）」を運んで、宮中の衛兵が見守る門をくぐる様子を描きだす。

今回の歌の「絵解き」も面白い（二七六頁図版参照）。画面中央には葦を積んだ巨大な荷車が配され、諸肌ぬぎの三人の人夫によって押される夕暮れ時の情景が描かれている。向かってゆく先に小さく描かれた建物には扇子などが置かれ、遊郭と想像がつく。この絵の洒落《しゃれ》は、人を深く愛するような、〈心〉で何かに完全に打ち込むことを意味する「身をつくす」を、遊郭に向かうためフィジカルな力を出し切る「肉体労働」にとりなしたところにある。

日本文学の中で私が好きなテーマのひとつに「作り直し（見立て・パロディー）」があるが、北斎の「姥がゑとき」シリーズほど、その楽しい例はないだろうと思う。

89

「男性」の立場で詠んだのか、「女性」の立場で詠んだのか？

式子内親王《しきしないしんのう》——一一四九～一二〇一年。後白河院の第三皇女。一一五九年から約一〇年間、賀茂の斎院を務めた。女房三十六歌仙の一人。

玉の緒よ絶えなば絶えねながらへば　しのぶる事の弱りもぞする

Should I live longer
I could not bear this secret love.
Jeweled thread of life,
since you must break—
let it be now.

［現代語訳］
わたくしの命よ、絶えるならば絶えてしまえ。命を永らえることになると、この忍んでいる気持ちが弱くなって、外にあらわれ出てしまうといけないから。

「玉の緒」は、平安時代の日本文学において、人生の比喩として広く用いられた言葉である。玉を貫く緒（ネックレスの糸）が本来の意味だが、この歌では、魂を身につないでおく「魂《たま》の緒」の意。「玉」と「魂」の二つの意味を持つため、玉を貫く緒が切れることで死を象徴することもある。「絶え」「ながらへ」「弱り」は、「緒」の縁語。

もとの歌では、初句から二句にかけての激しい力強さと、三句以降の静かでもの悲しい調子が対照的であるが、英訳ではその順序を入れ替え、より力強い句で歌を結ぶようにした。

一般的に、この歌は女性の恋心を詠んだものと考えられ、式子内親王自身の恋の体験を詠んだ歌として鑑賞されることが多かった。さらに、世阿弥の能「定家」にも描かれるように、中世には式子内親王と定家が恋仲にあったという伝説まで存在した。一方で、後藤祥子氏は「女流による男歌」(『世界へひらく和歌』勉誠出版、二〇一二年)において、この歌が題詠歌であることに着目し、従来とは異なる解釈を提示している。

この歌は、『新古今集』の詞書から、「忍恋《しのぶこひ》」という題詠であることがわかる。しかし、後藤氏は、平安時代の和歌において、「忍恋」は原則として男性が詠むものであることを指摘する。そもそも、『古今集』において、女性の恋歌は前半に少なく、かつ恋の始まる段階では、女性の歌は男性の求愛をいなし、たしなめることが定型だという。小野小町はその定型から外れた歌を詠んでいるが、それは恋の相手が、天皇や皇子など、女性側から恋することが許される高貴な立場の男性だったからだと考えられるという。つまり、純粋に「人を恋う」歌は男性歌人によるものか、高貴な男性に憧れる女性歌人によるものだけであるということだ。

加えて、男性の立場で詠んだ女性歌人の歌も存在し、伊勢や和泉式部、道綱母、赤染衛門などに代作歌が見られるのみならず、和泉式部の百首歌には、「男うた」としか読めない恋歌もあるようだ。歌合でも、三代集の時代に「恋」題を女性が詠む例が登場し、一一世紀以降、女性歌人が男性の立場で詠む恋歌の題詠歌が増えていく。さらに、『金葉集』以降の勅撰集、特に式子内親王と同時代である『新古今集』以降の勅撰集では、男性の立場で詠んだ女性歌人による恋歌の題詠が入集するようになると同時に、女性の立場で詠んだ男性歌人の歌もまた多数入集している。こうした背景を踏まえ、後藤氏はこの歌を式子内親王が男性の立場で詠んだ歌として解釈している。

和歌の世界では、男の歌と女の歌の詠み方がはっきりと異なる一方で、そうした枠組みこそが異なる立場から歌を詠むことを可能にしていたのである。第九〇番と第九二番でも、和歌とジェンダーの問題について考えてみたい。

90 「涙の色」は紅くなるのか？

一一三一年頃～一二〇〇年頃。藤原信成の娘。後白河天皇の第一皇女亮子内親王（殷富門院）に仕え、それに伴い長く歌壇で活躍した。

殷富門院大輔《いんぷもんいんのたいふ》

見せばやな雄島《をじま》の海人《あま》の袖だにも　濡《ぬ》れにぞ濡れし色は変はらず

How I would like to show you—
the fishermen's sleeves of Ojima
are drenched, but even so
have not lost their color,
as mine have, bathed in endless tears.

［現代語訳］
見せたいわ。雄島の海人の袖でさえ、海に潜って濡れに濡れても、このわたくしの袖のように色は変わらないというのに。わたくしの袖は、血の涙で赤く染まっているのよ。

今回の歌は、第四八番の「風をいたみ～」で知られる源重之の「松島や雄島の磯《いそ》にあさりせし海人の袖こそかくは濡れしか（雄島の磯で漁をしていた海人の袖は、この袖のように濡れていましたでしょうか）」（『後拾遺集』）を本歌として詠んだもの。雄島は、陸奥国（宮城県）の地名で、日本三景に数えられる松島の島々の中の一つ。「海人」は海に潜って漁をする人たち。海水で濡れに濡れた海人の衣の袖ですら色は変わらないのに、わたくしの衣の袖は涙のせいで色が変わる、と詠む。これは、深く悲しんで流す「紅《くれない》の涙」のためで、女性の涙を「紅涙《こうるい》」ともいう。実際、とめどなく涙を流し続けると、やや茶味かかった色になってくるそうだ。

ここからは、前回に続き、和歌とジェンダーの問題について考えていきたい。今回は、鎌倉期を中心とした宮廷歌壇における女性歌人のあり方について論じた田渕句美子氏の「宮廷歌壇における女性歌人」（『世界へひらく和歌』勉誠出版、二〇一二年）を紹介する。田渕氏によれば、意外にも平安時代の前期には亭子院歌合《ていじいんうたあわせ》や天徳四年内裏歌合など、女房が主導した歌合が開催されていたという。ところが、平安中期以降は状況が変わる。例えば、永承四年内裏歌合（一〇四九年）は男性主導の歌合であり、承暦二年内裏歌合（一〇七八年）に至っては、女房歌人の参加すらないそうだ。とはいえ、平安時代には、内裏歌合以外に、后宮・内親王・女院などが主催する歌合も多数開催されており、そうした歌合においては、女房主体の側面が残っているという。

しかし、鎌倉時代に入ると、公的文化の中軸となった歌合は院・天皇、摂関家など歌道家主体のものとなり、いよいよ女房主体の歌合は公的な場に見られなくなる。加えて、女性が講師や判者になることはないなど、歌合における女性歌人に規制が見られるのみならず、女性が歌について論じたり、勅撰集や私撰集の撰者になったりすることはほぼないそうだ。その一方で、歌合でも女房歌人の歌が重要な場面を担うことがあるなど、男性の身分秩序を超越する側面もあるという。このような男性官人の身分秩序とは異なる女房の位置づけや、女房の高貴性から、天皇や摂関など歌合に参加する最も高貴な人物の隠名《かくしな》として「女房」が用いられることもあるようだ。単純な男尊女卑では割り切れない、女性歌人の位置付けは複雑で奥が深い。

さて、二〇二三年のジェンダーギャップ指数の調査において、日本は一四六カ国中一二五位という過去最低の結果だった。主要先進国の中で最も低い。とりわけ、閣僚や国会議員、管理職に占める女性の割合など、政治・経済分野における低迷が目立つ。今回紹介した宮廷歌壇における女性歌人の問題は、ジェンダーに関して多数の課題が残る現代の日本を映す鏡のようである。皆さんも、改めて日本の現状に目を向けてみてほしい。

91 「虫の鳴き声」の違いを聞き分けられるか？

後京極摂政太政大臣《ごきょうごくせっしょうだいじょうだいじん》

藤原良経（九条良経）。一一六九～一二〇六年。一二〇二年に摂政、その後太政大臣となった。

きりぎりす鳴くや霜夜《しもよ》のさむしろに　衣かたしきひとりかも寝ん

The crickets cry
on this frosty night
as I spread my robe for one
on the cold straw mat
where I shall sleep alone.

［現代語訳］
きりぎりすがもの寂しく鳴いている、寒々とした霜夜のむしろの上で、私は衣の袖を片敷いて、ひとりで寝ることになるのだろうか。

古典における「きりぎりす」は現在のコオロギを指すと言われる。「こほろぎ」もその言葉自体は古くからあるものの、鳴く虫全般を指す言葉だったようで、平安時代から室町時代の和歌にはほとんど見えない。一方で「きりぎりす」は、その声が多くの和歌に詠まれている。

藤原忠房《ただふさ》の「きりぎりすいたくな鳴きそ秋の夜の長き思ひは我ぞまされる（きりぎりすよ、そんなにひどく鳴いてくれるな。秋の夜の長い物思いは、お前より私の方がまさっているのだ）」（『古今集』）というように、コオロギの鳴き声とともに寂しい思いを詠んだものもある。

なお、現在のキリギリスは「はたおり」と呼ばれていた。また「鈴虫」と「松虫」が平安時代と現代では逆になっているとも言われる。虫の名前は時代により変遷してきた。

この歌には本歌とされる和歌がいくつかあり、それぞれの歌をうまく利用しながら、しみじみと寂しい情景を描き出している。「さむしろに衣かたしき今宵もや我を待つらむ宇治の橋姫（むしろに衣を一人分だけ敷いて、今夜も私の訪れを待っているのだろうか、宇治の橋姫は）」（『古今集』）。自分を待っている恋人を思う美しい歌である。第三番の「あしびきの山鳥の尾のしだり尾の長々し夜をひとりかも寝ん（山鳥の垂れた尾のように、長い夜を一人で寝ることよ）」は一人きりで長い夜を過ごすことを詠んだ歌。どちらも一人で寝る寂しさを込めた恋の歌である。

今回の歌はもともと『正治二初度百首』で秋の歌として詠まれ、『新古今集』でも秋部に採られるが、元となった古歌を踏まえれば、恋歌のようにも鑑賞できる。作者にもおそらくそうした意図はあったのだろう。本歌に使われる「衣かたしき」とは、一人で寝るために自分の衣だけを敷くことを指す。恋人と共寝する時には二人分の衣を敷くものだが、それができない、つまり恋人と離れて夜を過ごさなければならないということになる。この歌の場合はそこにコオロギの鳴き声が加わり、一層もの寂しさがつのっているのだろう。

作者の藤原良経《よしつね》は藤原兼実《かねざね》の次男で、第九五番の作者慈円の甥に当たる人物だ。後鳥羽院の歌壇で活躍した歌人で、『新古今集』の序を書いているほか、その歌集に彼の詠んだ歌が多く入っている。彼自身の家集として『秋篠月清集』がある。

嵯峨にある私の自宅では、この季節になると毎晩いろいろな虫の鳴き声が聞こえる。美しい音ではあるが、どれがどの虫の鳴き声かまでは区別することができない。これが聞き分けられた古《いにしえ》の人の感性には感嘆するほかない。時代により名前は変わっても、虫たちは変わらぬ声で鳴いている。一つ一つの声に耳を傾けて秋の夜長を過ごすのも一興だ。古の歌人が同じように夜を過ごしていたことに思いを馳せながら。

92 「沖の石」にはどんな思いが込められているのか？

二条院讃岐《にじょういんのさぬき》

――一一四一年頃～一二一七年頃。源三位頼政の娘。二条天皇の女房として仕えた。一一七八年以降の歌合にたびたび出詠している。

わが袖は潮干《しほひ》に見えぬ沖の石の　人こそ知らね乾く間もなし

My tear-soaked sleeves
are like rocks in the offing.
Even at low tide
you never notice them,
nor can they ever dry.

［現代語訳］
私の袖は、潮が引いたときでも見えない深い沖の石のように、人は知らないでしょうが、恋の涙で濡れて乾く間もないことですよ。

恋の涙で袖を濡らす様子は、和歌ではきわめてよく詠まれる。「潮干」は潮が引いた状態のこと。「潮干に見えぬ沖の石の」が、深く秘められた恋、また乾くことのないほどに涙に濡れていることの比喩として表される。石という恋につなげにくい題材を見事に詠んだこの和歌は高く評価され、作者は後世「沖の石の讃岐」と呼ばれた。涙で濡れた袖や秘めた恋といった定型表現を賢く使うことによって、歌に深みと複雑さを加えている。

さて、『百人一首』には二一人の女性歌人の歌が選ばれているが、そのトリを飾るのが、この二条院讃岐の歌となる。そこで、ここからは以前にも取り上げた和歌とジェンダーの関係を考えたい。今回は、近藤みゆき「和歌表現とジェンダー」(『世界へひらく和歌』勉誠出版、二〇一二年)を紹介する。「ますらをぶり(男性的)」の『万葉集』に対して、『古今集』が「たをやめぶり(女性的)」と評されていることは、ご存じの方も多いだろう。しかし、近藤氏によれば、一見すると女性優位というイメージを抱きがちな『古今集』の歌は、実際には天皇奏覧を目的として構築された男性主義の言語テキストなのだという。事実、『古今集』の撰者は全員男性であり、採録された全一一一一首のうち、詠み人知らずの歌を除けば、男性の歌五〇五首に対して、女性の歌はその約六分の一の八七首であるそうだ。

そして、近藤氏は『古今集』の歌の〈ことば〉の分析を通して、『古今集』が孕《はら》むジェンダーイデオロギーの問題を提示している。例えば、身を滅ぼす恋を意味する「夏虫」は男性性を帯びた比喩であるのに対して、艶《えん》で誘惑的なものを象徴する「女郎花《おみなえし》」は女性性を帯びた比喩であるなど、歌ことばの比喩の属性には性差があるのだという。同様に、「恋」が付く語の詠歌主体は男性である一方、「かれゆく」「言はましものを」の詠歌主体は女性であるなど、感情や行動を表す言葉にも性差があるようだ。

こうした言葉の性差からは、「恋」の主導権を握り、「恋をする」ことが男性のアイデンティティーであり、「恋」の主体に立たず、常に受け身側にあることが女性のアイデンティティーであることを垣間見ることができる。この背景には貴族社会における家父長制の浸透に伴って構築されたジェンダーイデオロギーが見え隠れしていることを近藤氏は指摘している。さらに、『古今集』は言語リソースとして、そこに内包されたジェンダーイデオロギーごと「利用」「再生産」が続けられたことにも言及している。すなわち、『古今集』は男女問わず「美」を学ぶために尊ばれると同時に、その「美」が内包するジェンダーイデオロギーを日本人に深く浸透させたというのである。

あまり意識していなかったが、近藤氏の論文を通し、「美」が孕むジェンダーに改めて気付かされた。このような事実を踏まえると、二条院讃岐が「沖の石」に込めた思いが、より複雑な陰影を帯びて胸に迫ってくるような気がする。

93

子規はなぜ実朝を「第一流の歌人」と評したのか？

鎌倉右大臣《かまくらのうだいじん》

源実朝。一一九二〜一二一九年。鎌倉幕府を開いた源頼朝の次男で三代将軍。鶴岡八幡宮への参拝時におい
の公暁に暗殺された。定家の歌道の弟子。

世の中は常にもがもな渚漕《こ》ぐ海人《あま》の小舟《をぶね》の綱手《つなで》かなしも

That such moving sights
would never change—
fishermen rowing
their small boats,
pulling them onto the shore.

〔現代語訳〕
世の中は常に変わらずあってほしいなあ。波打ち際を漕いでいく海人の小舟が引かれていく様子は、しみじみとした気持ちになることよ。

作者源実朝は、鎌倉幕府の第三代将軍である。藤原定家に和歌を学び、家集『金槐集《きんかいしゅう》』を遺した歌人でもある。一二歳で将軍となり、一二一九年に二八歳の若さで暗殺された。

実朝は『万葉集』の歌を元にした歌を多く詠んだ。今回は彼の歌を、その本歌となった万葉歌とともに紹介したい。「世の中は〜」の歌の場合、本歌として次の二首が指摘されている。「川上《かはのへ》のゆつ岩群《いはむら》に草生《くさむ》さず常にもがもな常娘子《とこをとめ》にて（川べりのたくさんの岩に草がずっと生えないように、いつまでも変わらずに、おとめのままでいていただきたいものです）」（『万葉集』）と、「陸奥《みちのく》はいづくはあれど塩釜《しほがま》の浦漕ぐ舟の綱手かなしも（東北はどこも素晴らしいが、塩釜の浦を漕ぐ舟を綱で引く風景ほど心ひかれるものはないなあ）」（『古今集』）。

「綱手かなしも」という表現は、直接には「陸奥は」の歌に基づくものだろう。ただし、「かなしも（身に染みて愛着を感じる）」という言い方は『万葉集』に特徴的なもので、平安時代の歌にはあまり見られない。伝統的な王朝和歌の詠みぶりを基盤としつつも、万葉的な表現を取り入れた実朝らしい詠み方といえるかもしれない。

実朝には他にこんな歌がある。「大海の磯もとどろに寄する波われて砕けて裂けて散るかも（荒磯を轟《とどろ》かせて寄せる大海の波は、割れて、砕けて、裂けて、散っていくよ）」（『金槐集』）。こちらも万葉歌を踏まえる。「磯もとどろに寄する波」という表現は、「伊勢の海の磯もとどろに寄する波恐《かしこ》き人に恋ひ渡るかも（伊勢の海の磯もとどろくほど寄せる波のように恐れ多いお方を恋しく想い続けています）」という恋歌に見える。また、「大き海の磯本揺すり立つ波の寄せむと思へる浜の清《きよ》けく（大きな海の、磯のもとを揺らして立つ波が打ち寄せようとする浜の清さよ）」にも、大海の波を詠む類似表現が見られる。実朝は、この歌の「浜の清さ」から、力強い海の方に焦点を移して、波が「割れて砕けて裂けて散る」という躍動感あふれる姿を詠んだ。

明治時代の俳人である正岡子規は『歌よみに与ふる書』で、実朝を「第一流の歌人」と絶賛した。「世の中は〜」の歌についても、「古意古調なる者が万葉以後において、しかも華麗を競ふたる新古今時代において作られたる技倆《ぎりょう》には、驚かざるを得ざる訳にて、実朝の造詣の深き今更申すも愚かに御座候」と、実朝が万葉調で優れた歌を詠んでいることを高く評価している。

子規の言う通り、実朝は素晴らしい歌人であると私も思う。子規は「あの人をして今十年も活《い》かして置いたならどんなに名歌を沢山残したかも知れ不申候《もうさず》」と言うが、私も同意見だ。それどころか、もし彼がもっと長生きしていれば、和歌の歴史さえ大きく変えていたに違いない。

94 「本歌取り」ではなぜ季節を変えるのか？

参議雅経《さんぎまさつね》 ―― 藤原雅経。一一七〇～一二二一年。『新古今集』の撰者の一人。日記に『雅経卿記』、家集に『明日香井集』がある。

み吉野の山の秋風小夜《さよ》ふけて 故郷《ふるさと》寒く衣打つなり

A cold mountain wind blows down
on the old capital of Yoshino,
and as the autumn night deepens
I can hear the chilly pounding
of cloth being beaten.

[現代語訳]
吉野山の秋風が吹き、夜が更けてきて、かつて離宮があった、ここ吉野は寒く、衣を打つ砧《きぬた》の音が聞こえてくる。

『古今集』の歌「み吉野の山の白雪つもるらしふるさと寒くなりまさるなり（吉野山の白雪が積もっているのだろう。奈良の古都がだんだんと寒くなってきているのが感じられる）」（坂上是則《さかのうえのこれのり》）の本歌取りである。本歌の「ふるさと」は平城京だが、今回の歌では吉野である（吉野は古代、離宮が置かれた地だった)。さらに本歌は「冬の歌」だったのを「秋の歌」に変えている。藤原定家は「本歌取りの歌を詠む場合は、本歌と季節を異《こと》にして詠むように」という初学者へ向けたアドバイスを遺しているが、この歌の詠み方はまさにその通りになっているのだ。このように本歌取りでは、もとの歌を踏まえつつも、内容を変えて異なる世界観を創り出すのである。

作者の藤原雅経は、飛鳥井雅経ともいい、蹴鞠《けまり》の名手として知られ、蹴鞠飛鳥井流の祖となった人物だ。父の罪に連座して鎌倉に送られたが、後に後鳥羽院に呼び戻され、『新古今集』の撰者になった。

出典の『新古今集』の詞書に「擣衣《とうい》の心を」とあるが、擣衣は布地を柔らかくしたり艶《つや》を出すために砧で「衣を擣《う》つ」こと。「寒く」は「故郷」と「衣打つ」の両方にかかる掛詞で、秋の夜の冷たい空気の中で衣が打たれることと、冷ややかな砧の音を意味する。

「擣衣」は中国の漢詩文から取り入れられたもので、遠征に行った夫を恋い慕って、故郷に残された妻が打つものとされた。盛唐の詩人・李白は「子夜呉歌」という詩で四季を詠んでいるが、そのうちの秋の詩で、秋風の中に多くの砧の音が響く様子を描写している。

長安一片月
万戸擣衣声
秋風吹不尽
総是玉関情

何日平胡虜
良人罷遠征

（書き下し：長安一片の月／万戸衣を擣つの声／秋風吹きて尽きず／総《すべ》て是玉関《これぎょっかん》の情／何《いづ》れの日か胡虜《こりょ》を平らげ／良人遠征を罷《や》めん）

（現代語訳：長安の都に月光がふりそそぎ、どの家からも砧を打つ音が聞こえる。秋の風はいつまでも吹き続け、何もかもが玉門関《ぎょくもんかん》にいる夫をしのばせる。いつ西域の異民族を平定して、夫は遠征から帰ってくるのだろうか）

この歌は、本歌にはない中国漢詩文の伝統的イメージを取り込み、日本の吉野の風景と融合させている。中国の漢詩が実は日本の和歌にも強い影響を与えていることがよく分かる例だ。

95

「おほけなく」と言いながらも示した決意とは？

一一五五〜一二二五年。藤原忠通の子。一三歳で出家し、一一九二年天台座主となった。『愚管抄』の作者でもある。

前大僧正慈円《さきのだいそうじょうじえん》

おほけなく憂き世の民におほふかな　我が立つ杣《そま》に墨染の袖

Though I am not good enough,
for the good of the people,
here in these wooded hills,
I'll embrace them with my black robes
of the Buddha's Way.

［現代語訳］
身の程知らずに、つらいこの俗世の民に覆いかけることであるよ。私が比叡山に住み始めて身に着けているこの墨染めの袖を。

「おほけなし」は分不相応であることを表す形容詞である。「我が立つ杣」は比叡山のことを指す。これは、最澄が比叡山延暦寺の根本中堂を建立した際に詠んだ「阿耨多羅《あのくたら》三藐三菩提《さんみゃくさんぼだい》の仏たち我が立つ杣《そま》に冥加《みょうが》あらせたまへ」（『和漢朗詠集』）という歌に基づく表現で、この歌は『新古今集』にも採られている。墨染めの袖は黒く染めた僧衣の袖のことで、古注釈以来、「住み初め」との掛詞であることが指摘されてきたものの、住み着くという意の「住み染め」が掛けられているると解する説も見られる。

英訳する際には、慈円が「おほけなく」と謙遜しながらも「憂き世の民」を救おうと宣言していることの矛盾をいかに自然な英語で伝えるかに苦心した。最終的には、「good」を「良い」と「役に立つこと、利益」との二つの意味で使うことによって、ひねりとユーモアを加えた英訳を試みてみた。また、英訳三行目は「here in these wooded hills,」ではなく、「here on Mount Hie」と訳した方が良いのではないかと考えたこともあった。というのも、以前観光庁のプロジェクトに関わって比叡山の看板の英訳をした時、慈円はこの歌を通して単に僧侶としての志を述べたのではなく、最澄の比叡山でこそ自らの志を宣言したかったのだと実感できたからである。たしかに、「here on Mount Hie」と英訳した方が歌の主旨は伝わるかもしれない。しかし、最澄に遠く及ばずとも、それでも自らを最澄に重ねようとした慈円の志はむしろ伝わりにくくなってしまう。そう考えて、結局、「here in these wooded hills,」と英訳することにした。

また私はＫＢＳ京都のテレビ番組「比叡の光」に出演するなど、比叡山には何かとご縁を感じている。

天台宗の教えの中でとりわけ好きな言葉が二つある。一つは「一隅を照らす」という、それぞれの場所で自ら光り輝き、それが積み重なることによって社会が照らされるという意味の言葉だ。

そして、二つ目は「山川草木悉皆《しっかい》成仏」という言葉。これ自体は新しい言葉のようだが、その元となったと思われる「草木国土悉皆成仏」などの言葉が仏典にある。この世のあらゆるものに尊い命があり、仏様が宿っているという意味で、インドや中国の仏教にはない、日本独特の考え方だと言われている。私はこの教えが好きなあまり、「一寸の虫にも五分の魂」という諺《ことわざ》から、我が家に「一寸虫庵」という名前を付けてしまった。実際にいくつかの虫の家族と一緒に暮らしていて、時たまお客さんを驚かせている。また、京都に移ってからは、動物の権利のための活動をしていきたいとも考えており、この教えは私の主軸になっている。

比叡山は日本の仏教の母山である。慈円のみならず、平安時代から近代に至るまで、日本文学と比叡山の繋がりは深い。ぜひ何度でも皆さまに訪れていただきたい場所である。

96 「散りゆく桜」と「老いていく我が身」の関係は？

入道前太政大臣《にゅうどうさきのだいじょうだいじん》

——藤原公経。一一七一～一二四四年。実宗の子。定家とは義理の兄弟の関係にある。

花さそふ嵐の庭の雪ならで　ふりゆくものは我が身なりけり

As if lured by the storm
the blossoms are strewn about,
white upon the garden floor,
yet all this whiteness is not snow—
it is me who withers and grows old.

［現代語訳］
桜の花を誘って散らす嵐が吹いて庭に降った落花の雪ではなくて、年老いていくのは我が身であったよ。

「花さそふ」は風が吹いて花を散らすさまを、風を擬人化して花を誘っているように見立てた表現である。また、雪も落花の見立てになっている。ふりゆくは「降りゆく」と「古りゆく」の掛詞である。

本書を通して、白いもの同士の見立ての例をさまざまに見てきた。例えば、白い雲と波、白菊と初霜、雪と月光、そして、この歌では落花と老いが雪に見立てられている。見立てはもともと李白らの漢詩から取り入れられた技法であるものの、日本の歌人たちは白と白の見立てを大きく発展・拡大させ、『百人一首』でも重要な要素の一つとなっている。

この歌では、桜の花が「降りゆく」という眼前の光景から、「古りゆく」我が身の述懐へと展開しており、この点については、古注釈にもさまざまな指摘が見られる。例えば、散り果ててしまった桜が空《むな》しいものであるのと同様に、空しく年老いた我が身を嘆いていると見る説や、散ってもなお見どころがある桜と対比して、そうではない年老いた我が身を述懐していると見る説などがある。

なお『百人一首』の撰者とされる藤原定家にも、「花をまち月ををしむとすぐしきて雪につもる年はしらるる（花を心待ちにしたり、月を惜しんだりして過ごしてきて、雪が降り積もることで、我が身に積もる年は知られる）」（『拾遺愚草』）という同様の主題の歌がある。

来日した当初、日本で暮らすのは一年か二年のつもりだった。しかし、あっという間に数十年の時が経《た》ち、夢も朝もやのように儚く消え、ある日目が覚めると浦島太郎のように老人になっていた——今私はそんな感覚のうちにいる。

実は、故郷アイルランドにも『浦島太郎』によく似た話がある。オシーンとニアヴの物語だ。人間の英雄であるオシーンと異界の女性であるニアヴが恋に落ちる。オシーンは水上を移動できるという魔法の馬に乗って海を渡り、ティル・ナ・ノーグと呼ばれる楽園にあるニアヴの宮殿に向かう。しかし、わずか三年ほどでオシーンはホームシックになる。ニアヴはオシーンが帰郷することを渋々認めたものの、決して魔法の馬から降りないよう彼に警告する。そうしてアイルランドに戻ったオシーンは、三〇〇年の歳月が流れていることに気が付く。結局、オシーンは馬から落ちてしまい、瞬く間に三〇〇歳を超える老人となり果て、老衰で亡くなってしまう。

私もとても長い時間を日本で過ごしているため、馬に乗ってアイルランドに帰れば、一瞬で死んでしまうかもしれない。二つの物語の共通点を考え、私はアイルランドと日本の文化の近しさを嬉しく思う。一方で、オシーンや浦島太郎のように一瞬で人生が終わってしまうことを思うと、死ぬために生まれてきた、生きとし生けるものに対する悲しみを抱かずにはいられない。

97 定家が「まつほの浦」を詠んだ狙いとは？

権中納言定家

ごんちゅうなごんていか
（「さだいえ」とも）

藤原定家。一一六二〜一二四一年。俊成の子。『新古今集』『新勅撰集』の撰者。『百人一首』成立以前の一二三三年出家している。

来ぬ人をまつほの浦の夕なぎに 焼くや藻塩《もしほ》の身もこがれつつ

Pining for you,
who do not come,
I am like the salt-making fires
at dusk on the Bay of Waiting—
burning bitterly in flames of love.

［現代語訳］
なかなか来てくれないあなたを待って、松帆の浦で迎えた夕凪の時間、すぐそこの浜では焼いているのよ、藻塩を。その藻塩を焼くように、わたしはあなたに焦がれながら、あなたの訪れを待っているのに。

今回取り上げるのは『百人一首』の撰者とされる藤原定家の歌である。松帆の浦は淡路島の地名。「まつ」を詠む際の常套《じょうとう》として、「松」と「待つ」とが掛けられている。藻塩とは、海藻を焼いて作った塩のこと。「こがれ」は、その藻塩が焼ける意と恋い焦がれる意とを掛ける。

また、この歌は『万葉集』の長歌を本歌取りしたもの。本歌は、聖武天皇の行幸に同行した笠金村《かさのかなむら》が現在の兵庫県で詠んだ長歌。「名寸隅《なきすみ》の舟瀬ゆ見ゆる淡路島松帆の浦に……」で始まる。現代語訳は「名寸隅の船着き場から見える淡路島の松帆の浦には、朝凪の時に玉藻を刈り夕凪の時に藻塩を焼いている海女《あま》おとめがいると聞くが、見に行く手立てもないので、ますらおらしい心もなく、たおやめのように思いしおれ、行ったり来たり定めかねて、私はただ恋い焦がれている。船も梶もないので」となる。金村から見て対岸に位置する淡路島に住む、まだ見ぬ女に恋する男の歌だ。現代語訳では、この本歌に贈答している歌、つまり本歌に応《こた》える形で女の立場から詠んだ歌と解してみた。逢わないうちから両想いの二人であったと想定してみたのである。

どちらの歌にも松帆の浦が出てくるのだが、実はこの地名、『万葉集』以来使われていなかった歌枕なのだ。歌枕は、本書にもたびたび登場したが、歌に詠まれる名勝のこと。歌に繰り返し詠まれていくうちに、観念的なイメージをさまざまにまとう。定家がここを詠んだ時、人々は真っ先にこの本歌を思い出し、その意外な趣向に感嘆しただろう。定家本人にとっても自信作だったようで、『百人一首』以外にも『新勅撰集』『百人秀歌』などに自撰している。歌枕は歌に繰り返し詠まれることでイメージが固定化され、人々の中に共通の美意識が生じていくものである。その原則にのっとれば、「松帆の浦」は時代を超えた一首によって記憶に刻まれた、特異な歌枕といえるだろう。

驚くべきことに『百人一首』の三分の一以上の歌に名所歌枕が詠まれている。当時の人々、ならびに編者である定家の並々でない関心を感じる。第六〇番で、地名を詠んだ歌のみを取り上げた『五代集歌枕』を紹介したが、それ以降も歌枕に何を組み合わせるか、どう詠むべきかが盛んに歌学書に記された。『百人一首』は、歌枕を十分に生かした秀歌に満ちている。本書で紹介する『百人一首』の歌も残り三首になってしまった。当時の人々がその歌枕をどんなイメージとともに詠んでいたのか。その観点から、これまでの歌をもう一度読み返すと、また違った面白い世界が広がっていくのではないだろうか。

98 「楢の小川」はどのように訳すべきか?

従二位家隆《じゅにいいえたか》——藤原家隆。一一五八～一二三七年。光隆の子で従二位宮内卿まで昇進した。

風そよぐ楢《なら》の小川の夕暮は　みそぎぞ夏のしるしなりける

A twilight breeze rustles
through the oak leaves
of the little Oak Brook,
but the cleansing rites
tell us it is still summer.

[現代語訳]
楢の葉が風にそよぐ楢の小川のあたりの夕暮れはもう秋めいていて、夏越《なごし》のみそぎだけが、今はまだ夏であるしるしである。

作者藤原家隆は藤原俊成のもとで和歌を学んだ、新古今時代の代表的な歌人で、『新古今集』の編者の一人でもあった。彼は後鳥羽院と親しく、勅撰集に約二八〇首もの歌が入集しており、藤原定家と競ったという逸話も多く残されている。

『百人一首』のこの歌は、彼の最高傑作とされているわけではないが、私はとても風情があり日本的だと思う。詞書に「寛喜元年女御入内屏風」とあり、九条道家の娘竴子《しゅんし》が、後堀河天皇に入内《じゅだい》するのを祝って作られた屏風歌であることがわかる。屏風歌は、屏風に描かれた絵を主題として詠まれた和歌だ。私たちは歌人が実際に見た風景を詠んでいると考えがちだが、屏風などに描かれた事物を見て詠むこともしばしばあった。日本の伝統文化の中では、歌と絵は切っても切れない関係にある。

私は和歌を英訳するとき、地名はなるべく訳さないようにしている。地名というものは大きな力を持っていると考えるからだ。しかし、「楢の小川」は、この歌で中心的な役割を果たしており、非常に詩的な表現なので、例外的に、「little Oak Brook」と訳した。この川は上賀茂神社の境内を流れる美しい小川で、私は京都に引っ越してくる以前から、たびたびお参りしていた。「なら」は上賀茂神社の中にある小さな社、奈良神社の名前と、楢の木との両方を表している。同音異義語だからこその表現だ。夏の最後の日のしるしであるみそぎと、秋の涼しさを思わせる風や川、夕暮れのイメージとが鮮やかに対比されている。

家隆の有名な歌の中には、寒い季節の歌もある。例えば「志賀の浦や遠ざかりゆく波間より凍りて出づる有明の月（琵琶湖の岸の近くの波が凍り始め、遠ざかってゆく波の間から明け方の月が凍って昇ってくる）」（『新古今集』）。この歌は『後拾遺集』の「小夜ふくるままに汀《みぎは》や凍るらん遠ざかりゆく志賀の浦波（夜が更けるにつれて、岸の近くの水が凍ってきているのだろうか。琵琶湖の波が岸から遠ざかってゆく）」を本歌としている。本歌も美しいが、家隆はここに、月が凍った水に浸されて凍りついて昇ってきたかのようなイメージを付け加えた。月の光にはもともと冷たいイメージがあり、波の凍りつく寒さを際立たせる。後鳥羽院の歌にも「冬さむみ比良のたかねに月冴えてさざ浪こほる志賀のから崎（冬が寒いので、比良山の高い峰に月が冴えて、琵琶湖のさざ波が凍りつくのが見える、志賀の唐崎よ）」（『後鳥羽院御集』）という、同じような雰囲気を持つものがあるが、家隆の歌ではさらに月そのものが凍ってしまっている。このように究極の冷たさの中に美を見いだす歌もあれば、季節が変わりゆく境目で立ち止まる歌もある。家隆の歌は、古来愛《め》でられてきた四季折々の美しさを教えてくれる。

99 後鳥羽院の歌が『百人一首』に入選したのはなぜか？

後鳥羽院《ごとばいん》──一一八〇～一二三九年。第八二代天皇（在位一一八三～九八年）。順徳院の父。承久の乱に敗れて隠岐島に配流された。

人もをし人もうらめしあぢきなく　世を思ふゆゑにもの思ふ身は

Though it is futile to ponder
the ways of the world,
I am lost in desolate musing—
I have loved some and hated others,
even hated the ones I love.

［現代語訳］
人が愛しく思われ、また恨めしくも思われることだ。つまらなくこの世の中を思うために、いろいろと物思いをする私は。

作者の後鳥羽院は第八二代の天皇で、一一九八年に院政を開始し、一二二一年に鎌倉幕府打倒を企てたが失敗する（承久の乱）。その九年前、後鳥羽院と幕府の対立が徐々に深まっていく時期に詠まれたのがこの歌である。

後鳥羽院は『新古今集』編纂の勅命を下した人物であり、数多くの歌合・歌会を開くと同時に、自身もたくさんの和歌を詠んだ。藤原定家は後鳥羽院に重用されるが、承久の乱の前年に不興を買い、その後は以前のような関係性ではなくなってしまう。それなのに後鳥羽院の歌が『百人一首』に入っているのはなぜだろうか。

実は、近年の研究では『百人一首』は定家が選んだものではないと考えられている。じつは定家が選んだのは、『百人一首』と大部分が重複する『百人秀歌』という秀歌撰とされており、そこには後鳥羽院とその子・順徳院の歌（第一〇〇番）が入っていない。

この問題について、二〇二二年に、早稲田大教授の田渕句美子氏にお話を伺う機会を得た。田渕氏によれば、『百人一首』の成立事情をたどる手掛かりとなり得る資料のうち、定家が生きた鎌倉時代当時のものは、『明月記』（定家の日記）、『百人秀歌』、小倉色紙（伝定家筆）の三点に限られる。田渕氏は、これら三点に加え、定家・為家《ためいえ》親子と為家の岳父《がくふ》にあたる宇都宮頼綱（蓮生）との関係にも着目し、『百人一首』の成立の背景について論じている（「『百人一首』の成立をめぐって——宇都宮氏への贈与という視点から」）。田渕氏によれば、『百人一首』によく似た『百人秀歌』は定家撰と言える一方、『百人一首』の撰者が定家であるとは厳密には言えないのだという。

そもそも、『百人一首』の撰者を定家と考えると、後鳥羽院・順徳院という諡《おくりな》（死後に贈られる称号）と、定家の時代の呼称との間で齟齬《そご》が生じる。後鳥羽院は定家より先に亡くなっているが、「後鳥羽院」という諡は定家の死後に贈られている。順徳院は定家より後に亡くなり、さらに数年後に「順徳院」と諡された。そのため、定家の生前にはどちらの呼称も存在しない。それにもかかわらず、『百人一首』が定家撰であると考えられていた理由の一つは、後鳥羽院の歌（「人もをし」）の小倉色紙が定家筆であるとされていたからだ。しかし、現在では、後鳥羽院の歌も含め、約五〇枚の小倉色紙のほとんどが後代の筆であるというのが通説となっている。今や『百人一首』の撰者が定家であるという確かな証拠は存在しないのだ。

一方、『百人秀歌』については定家撰であると考えられるというが、そもそも、『百人秀歌』とは、どのようなものなのだろうか。

『百人秀歌』は約七〇年前に発見された。『百人一首』との主な違いは、計一〇一首であること、後鳥羽院と順徳院の歌が含まれていないこと、『百人一首』にはない定子などの歌三首が含まれていることである。『百人秀歌』と『百人一首』の成立時期については諸説あるものの、田渕氏によると、藤原家隆の官位の表記が、正三位（『百人秀歌』）、従二位（『百人一首』）と違いがある点、『百人秀歌』では『新勅撰集』までの勅撰集から歌を採っているのに対して、『百人一首』にのみ見られる後鳥羽院、順徳院の歌は『新勅撰集』の後に編まれた『続後撰集《しょくごせん》』に採られた歌であることなどから、『百人秀歌』は『新勅撰集』と『続後撰集』の間に成立し、その後、『続後撰集』以降に『百人一首』が成立したと考えられるそうだ。

また、『百人秀歌』の成立をめぐっては、『明月記』（定家の日記）の文暦《ぶんりゃく》二（一二三五）年五月二七日の記述にも注目している。というのも、定家が子為家の岳父である宇都宮頼綱（蓮生）に「嵯峨中院障子色紙形」を書いて贈ったことが記されているのだが、時期的に見ると、この「嵯峨中院障子色紙形」が『百人秀歌』にあたると考えられるそうだ。

さらに、田渕氏によれば、定家・為家が蓮生に贈った障子和歌・屏風和歌は他にも二つあることがわかっており、いずれも蓮生の意向に沿った歌が選ばれているという。それを踏まえると、鎌倉幕府の有力御家人である蓮生に対し、定家が幕府の敵である後鳥羽院や順徳院の歌を贈るとは考えにくく、このことからも、定家が蓮生に贈ったのは『百人一首』ではなく、『百人秀歌』であったと考えられるようだ。

また、慶應義塾大学教授・小川剛生氏の「『百人一首』の成立」（『百人一首の現在』青簡舎、二〇二二年）によると、百人一首は鎌倉末から南北朝時代の歌人・頓阿が、『百人秀歌』に後鳥羽院・順徳院の歌を補うなどの改訂を加えた結果、成立したものだという。後鳥羽院は歌論書『後鳥羽院御口伝』で定家を厳しく批判していた。その定家の系譜につながる二条派の歌人である頓阿は、自身の歌論書で、定家と後鳥羽院が対立していたイメージを和らげ、二人が互いを認め合っていたという逸話を載せている。『百人一首』に後鳥羽院・順徳院の歌を入れることで、定家が後鳥羽院を認めていたと見せる意図があったと考えられるという。

もっとも、あらためて考えると、実は『百人秀歌』と『百人一首』の歌は九七首が共通しているのである。つまり、私たちがよく知る『百人一首』は厳密には（＝一〇〇％）定家が編んだものとは言えないものの、撰歌に関しては九七％が定家撰であり、その意味では、定家が『百人一首』の原型を作ったと考えられるのだ。

『百人秀歌』も『百人一首』も、全ての歌が勅撰集の歌から選ばれている。天皇や上皇・法皇の命によって編纂された和歌集が勅撰集だ。上皇であった後鳥羽院が編纂を命じた『新古今集』も重んじられた勅撰集だ。最も古い『古今集』から最後の『新続古今集《しんしょく》』まで二一集があり、総称して二十一代集という。『古今集』から次の『後撰集』、その次の『拾遺集』を合わせて三代集、『古今集』から『新古今集』までの八集を八代集と呼ぶ。平安時代初期には『凌雲新集《りょううんしんしゅう》』をはじめとする勅撰漢詩集が編纂されるなど、漢詩文が尊重されていたが、『古今集』以降、和歌の価値が高められていく。貴族社会に和歌が浸透し、物語や日記文学などにも影響を与えた。

それぞれの時代の天皇や上皇の命で、高名な歌人たちの手により編まれた勅撰集は、和歌の歴史において非常に重要な存在である。私は、和歌のような韻文が国家意識の発展にこれほど影響を与えた国を他に知らないし、また宮廷が韻文の発展にここまで力を入れた国も聞いたことがない。『百人一首』は、日本が国を挙げて育ててきた文化の結晶といえるかもしれない。

100 「しのぶ草」に込められた思いとは？

順徳院《じゅんとくいん》

——一一九七～一二四二年。第八四代天皇（在位一二一〇～一二二一年）。後鳥羽院の第三皇子。承久の乱に敗れて佐渡島へ配流された。

ももしきや古き軒ばのしのぶにも　なほあまりある昔なりけり

Memory ferns sprout in the eaves
of the old forsaken palace.
But however much I yearn for it,
I can never bring back
that glorious reign of old.

［現代語訳］

宮中の、古く荒廃してしまった軒端に生える忍ぶ草を見ながら、偲んでもやはり偲びきれない、恋しい昔の御代であることだ。

『百人一首』の最後は、藤原定家と同時代の天皇である順徳院の詠歌である。「ももしき」は「宮」にかかる枕詞「ももしきの」から独立して、単独で天皇の住居を表すようになった。したがって、「古き軒端」とは、荒廃した皇居の軒の端のことだ。しのぶ草が生えるということは、手入れがされておらず邸宅が衰退したことを示している。第三句の「しのぶ」にはしのぶ草の意と昔を偲ぶ意味とをかけている。「なほあまりある」とは、どれほど偲んだところでそれでもまだ思いは尽きないことをいう。

順徳院が即位した頃には幕府があり、天皇が親政を行っていたような時代ではなかった。荒廃した宮中を詠むことで、衰退していく朝廷の権力を嘆いている。

最後の二首の作者、後鳥羽院と順徳院は親子。『百人一首』のはじめの二首も天智天皇・持統天皇親子で、最初と最後がみごとに対応している。ただし、前回述べたように、最近は『百人一首』が定家撰ではないとされており、その原形と考えられる『百人秀歌』には後鳥羽院と順徳院の歌が入っていない。それでは、いつどのようにして私たちの知る今の形になったのだろうか。

前回も紹介した小川剛生氏「『百人一首』の成立」（『百人一首の現在』青簡舎、二〇二二年）は『百人一首』の作者名表記の不統一や、承久の乱後の政治状況などから、百人一首への改訂は定家よりもかなり後の時代であると考え、鎌倉末期〜南北朝時代の歌人・頓阿が改訂したものとする。彼の著書『水蛙眼目』は、『百人一首』に初めて言及した書物だ。この著書で『百人一首』成立の舞台とされたのが、定家の嵯峨の山荘であった。この山荘は後に五摂家の一つ二条家（定家の子孫である二条家とは別）の所有となったもので、頓阿はその二条家に出入りしていた関係から、『百人秀歌』の価値を見いだして改訂したという。

後鳥羽院・順徳院の歌は『続後撰集』（一二五一年）から採られたと考えられるため、百人一首の成立は、『続後撰集』成立から『水蛙眼目』（一三六〇年頃）で言及されるまでの間になるということだ。

ところで、小川氏も、前回参照した田渕句美子氏も、『百人秀歌』を定家が選んだという前提で『百人一首』の成立史を論じている。ところが、二〇一六年にパリで行われた百人一首の国際学会でワシントン大学のポール・アトキンス教授が、『百人秀歌』も定家が編纂したものではない、という大胆な仮説を発表した。

私は本書を通じて、『百人一首』にまつわる問題を解決できるかと考えていたが、知れば知るほど、かえって謎が深まってしまった。これからも多くの研究によって、『百人一首』の常識が変わっていくかもしれない。今回で一〇〇首全ての紹介を終えたが、私と『百人一首』の旅は、まだ入り口に立ったばかりのようだ。

おわりに

『百人一首』についての百問百答、いかがでしたでしょうか?

本書は、京都新聞での「不思議の国の和歌ワンダーランド 英語で読む百人一首」と題した連載が基になっていますが、あらためて原稿を読み返して、まさに日本は不思議のワンダーランドそのものであり、その不思議さの原点は和歌の世界に秘められていると思います。

来日して以来、私はいたるところで謎を発見しました。例えば、日本人はなぜ偶数より奇数を好むのか。なぜ正義よりも調和を好むのか。なぜ、どこにも欠けたところがない磁器よりもひび割れた茶碗を好むように、完璧よりも不完全を好むのか。西洋では「美」といえば「永遠」を連想するのに、なぜ日本人は「儚さ」を美の本質と考えるのか。

和歌に焦点を当てた場合にも、なぜ歌人は、独創的なイメージの歌ではなく、共有された「たしなみ」に基づいて同じテーマを何度も詠んだのか。なぜ個性や天才性よりも型の文化を踏襲することが強調されたのか。日本人は、主語を明記せずに、どのようにして自分自身を表現することができたのか。なぜ日本語には擬音語が多いのか。なぜ日本文化には遊び、特に言葉遊び(掛詞や縁語など)が多いのか。なぜ日本人は本歌をもとにしながら新しさのある歌を作り直すのが好きなのか。そして、なぜ『百人一首』が日本人のDNAに刻まれているとも言うべき歌集になったのか。和歌がそれほど重要なのに、なぜ海外では俳句の方がよく知られているのか。『百人一首』の謎を挙げると、枚挙にいとまがありません。

和歌は日本の伝統文化における酸素のようなものと言えるでしょう。日本文化の中心部にはいたるところに和歌の影響を感じます。しかし、和歌があまりにも浸透しているため、多くの人々はそれに気づかないのです。私は、日本人のアイデンティティーの核である『百人一首』を翻訳する以上に、日本人や日本文化を学ぶ良い方法はないと確信しています。

この場を借りて、これまでお世話になった方々に感謝を申し上げたいと思います。

最初に、私の連載のあらゆる面でお世話になった京都新聞社の阿部秀俊さん、そして連載に多大なご協力をいただいた冷泉家当主の冷泉為人さん、冷泉貴実子さんご夫妻にお礼を申し上げたいと思います。

本書の背景調査と確認の大部分は、多くの若手研究者に手伝ってもらいました。川崎蓉子さんと藤田亜美さん、そして大山恵利奈さん、西山直輝さん、宮武衛さん、渡辺悠里子さんのご協力がなければ本書は完成できなかったでしょう。金田房子先生は京都新聞に掲載する前にすべての記事を読んでくださり、貴重なアドバイスをくださりました。

和歌の大家であられる兼築信行先生、谷口智子先生、田渕句美子先生、寺澤行忠先生、山本登朗先生、吉海直人先生、渡部泰明先生からも多くのアドバイスをいただきました。

尾崎勝吉さん、河野通和さん、藤賀三雄さん、才門俊文さん、中村廣良さんもまた、かけがえのない友人であり助言者です。尾崎さんが新潮社の三辺直太さんを紹介してくれたことで、この原稿を新潮選書の人気企画「謎とき」シリーズの一冊として出版する幸運に恵まれました。

そして私の事務所のスタッフの三津山憂一さん、村田真一さん、福嶋一晃さん、インターンの花原仙珠さん、古屋朋樹くん、湯浅圭亮くん、宗澤奈緒美さんに感謝します。

今後も日本文化にどのような謎があるのか、できるかぎり解き明かしていきたいと思っています。楽しみにしてくだされば幸いです。

二〇二四年八月十五日

ピーター・J・マクミラン

新潮選書

謎《なぞ》とき百人一首《ひゃくにんいっしゅ》　和歌《わか》から見《み》える日本文化《にほんぶんか》のふしぎ

著　者……………… ピーター・J・マクミラン

発　行……………… 2024年10月25日
3　刷……………… 2025年 3 月10日

発行者……………… 佐藤隆信
発行所……………… 株式会社新潮社
〒162-8711 東京都新宿区矢来町71
電話　編集部 03-3266-5611
　　　読者係 03-3266-5111
https://www.shinchosha.co.jp
シンボルマーク／駒井哲郎
装幀／新潮社装幀室
組版／新潮社デジタル編集支援室

印刷所……………… 株式会社三秀舎
製本所……………… 株式会社大進堂

乱丁・落丁本は、ご面倒ですが小社読者係宛お送り下さい。送料小社負担にてお取替えいたします。価格はカバーに表示してあります。

ISBN978-4-10-603918-8 C0392